# AS MINAS DO REI SALOMÃO

# Henry Rider Haggard

Tradução **Eça de Queirós**

Esta é uma publicação Principis, selo exclusivo da Ciranda Cultural
© 2019 Ciranda Cultural Editora e Distribuidora Ltda.

Traduzido do original em inglês
*King Solomon's mines*

Texto
Henry Rider Haggard

Tradução
Eça de Queirós

Revisão
Project Nine Editorial
Karine Ribeiro

Diagramação
Project Nine Editorial

Produção editorial e projeto gráfico
Ciranda Cultural

Imagens
Darren Whittingham/Shutterstock.com;
Lemberg Vector studio/Shutterstock.com;
Gleb Guralnyk/Shutterstock.com.

**Dados Internacionais de Catalogação na Publicação (CIP) de acordo com ISBD**

H145m     Haggard, Henry Rider, 1856-1925
       As minas do rei Salomão / Henry Rider Haggard ; traduzido por
Eça de Queirós. - Jandira, SP : Principis, 2019.
       176 p. ; 16cm x 23cm. – (Clássicos da Literatura Mundial)

       Tradução de: King Solomon's Mines
       Inclui índice.
       ISBN: 978-85-943-1881-7

       1. Literatura inglesa. 2. Ficção. I. Queirós, Eça de. II. Título.
III. Série.

CDD 823.91

2019-1452                                                   CDU 821.111-3

**Elaborado por Odilio Hilario Moreira Junior - CRB-8/9949**

**Índice para catálogo sistemático:**
1. Literatura inglesa: ficção 823.91
2. Literatura inglesa: ficção 821.111-3

1ª edição revista em 2020
Todos os direitos reservados.
Nenhuma parte desta publicação pode ser reproduzida, arquivada em sistema de busca
ou transmitida por qualquer meio, seja ele eletrônico, fotocópia, gravação ou outros, sem
prévia autorização do detentor dos direitos, e não pode circular encadernada ou encapada
de maneira distinta daquela em que foi publicada, ou sem que as mesmas condições sejam
impostas aos compradores subsequentes.

# SUMÁRIO

Introdução ................................................................ 6

Encontro com os meus camaradas ........................... 7

Primeira notícia das minas de salomão .................. 16

O homem chamado Umbopa ................................... 27

Os elefantes ............................................................. 35

A nossa entrada no deserto ..................................... 42

Penetramos no reino dos Cacuanas ........................ 79

O rei Tuala .............................................................. 85

A grande dança ....................................................... 107

Antes da batalha ..................................................... 119

O ataque à colina .................................................... 126

A batalha de Lu ...................................................... 131

O rei Ignosi ............................................................ 136

A grande caverna .................................................... 142

O tesouro de Salomão ............................................ 150

Nas entranhas da terra ............................................ 159

A partida de Lu ....................................................... 168

Enfim! ..................................................................... 173

# INTRODUÇÃO

Agora que este livro está impresso, e em vésperas de correr o mundo largo, começa a pesar fortemente sobre mim a desconfiança de que, para ele ser aceitável, muito lhe falta como estilo e como história.

Enquanto à história, realmente, não pretendi nem tentei meter nestas páginas tudo o que fizemos e tudo o que vimos na nossa viagem à terra dos Cacuanas. Há, todavia, nesse estranho povo, coisas que mereciam exame detalhado e lento: a sua fauna, a sua flora, os seus costumes, o seu dialeto (tão aparentado com a língua dos Zulus), o magnífico sistema da sua organização militar, a sua arte sutil em trabalhar os metais... Que interessante estudo se faria, além disso, com as lendas que ouvi e colecionei acerca das armaduras de malha que nos salvaram na batalha de Lu! Que curiosa, também, a tradição que entre eles se tem perpetuado sobre os Silenciosos, os dois colossos que jazem à entrada das cavernas de Salomão! No entanto pareceu-me (e assim pensaram o barão Curtis e o capitão John) que seria mais eficaz contar a história a direito, e secamente, deixando todas essas particularidades sobre a região e sobre os homens para serem tratadas mais tarde, num tomo especial, com minudência e largueza.

Resta-me, pois, implorar a benevolência para a minha tosca maneira de escrever. Estou mais habituado a manejar a carabina do que a pena; e sempre me foi alheia a fina arte dos arrebiques e floreios literários. Talvez os livros necessitem esses floreios e ornatos: não sei nem se possuo autoridade para o decidir; mas, na minha bárbara ideia, as coisas simples são as mais impressionadoras, e mais facilmente se deve acreditar e estimar o livro que venha escrito com séria e honesta singeleza. "Lança aguda não precisa brilho", diz um provérbio dos Cacuanas; e, movido por esse conselho da sabedoria negra, arrisco-me a apresentar a minha história, nua, lisa, nas suas linhas verdadeiras, sem lhe pendurar por cima, para a tornar mais vistosa, os dourados galões da eloquência.

ALÃO QUARTELMAR

## ENCONTRO COM OS MEUS CAMARADAS

É bem estranho que nesta minha idade, aos 56 anos feitos, esteja eu aqui, de pena na mão, preparando-me a redigir uma história!

Nunca imaginei que tão prodigiosa ocorrência se pudesse dar na minha vida; vida que me parece bem cheia, e vida que me parece bem longa... Sem dúvida, por a ter começado tão cedo! Com efeito, na idade em que os outros rapazes ainda soletram nos bancos da escola, já eu andava agenciando o meu pão por esta velha colônia do Cabo. E por aqui fiquei desde então, metido em negócios, em serviços, em travessias, em guerras, em trabalhos; e nessa dura profissão, que é a minha, a caça ao elefante e ao marfim. Pois, com toda esta diligência, só ultimamente, há oito meses, *arredondei o meu saco*. É um bom saco! É um saco graúdo, louvado Deus. Creio mesmo que é um tremendo saco! E apesar disso, juro que para o sentir assim, redondo e soante entre as mãos, não me arriscava a passar outra vez os transes deste terrível ano que lá vai. Não! Nem tendo a certeza de chegar ao fim com a pele intacta e com o saco cheio. Mas eu no fundo sou um tímido, detesto violências, e ando farto, refarto de aventuras!

Como dizia, pois, é coisa estranhíssima que assim me lance a escrever um livro. Não está nada no meu feitio ser homem de prosa e de letras; ainda que, como outro qualquer, aprecio as belezas da Santa Bíblia e gozo com a *História do rei Artur e da sua Távola Redonda*. No entanto, tenho razões, e razões consideráveis, para tomar a pena com esta mão inábil que há quase cinquenta anos maneja a carabina. Em primeiro lugar, os meus companheiros, o barão Curtis e o digno capitão da Armada Real, John Good (a quem chamo, por hábito, "o capitão John"), pediram-me para relatar e publicar a nossa jornada ao reino dos Cacuanas. Em segundo lugar, estou aqui em Durban, estirado numa cadeira, inutilizado para umas semanas, com os meus achaques nas pernas. (Desde que aquele infernal leão me traçou a coxa de lado a lado, fiquei sujeito a estas crises, todos os anos, ordinariamente pelos fins do Outono. Foi em fins de Outono que apanhei a trincadela. É duro que depois de um homem matar, no decurso da sua honrada carreira, quarenta e cinco leões, seja justamente o último, o quadragésimo sexto, que o file e use dele como de tabaco que se masca. É duro! Quebra a rotina, a estimável rotina; e para mim, pessoa de ordem, qualquer surpresa me sabe pior do que fel.) Em terceiro lugar, além de encher os meus ócios, componho esta história para meu filho Henrique, que está em Londres, interno no Hospital de São Bartolomeu, estudando Medicina. É uma maneira de lhe mandar uma longuíssima carta que o entretenha e que o prenda. Serviço de doentes, numa enfermaria abafada e lôbrega, deve pesar intoleravelmente. Mesmo o retalhar cadáveres termina por ser uma rotina, rica em monotonia e tédio; e assim esta história, onde tudo há menos tédio, vai, por uns dias, levar ao meu rapaz uma saudável e alegre sensação de aventuras, de viagens, de força e de vida livre. E enfim, como última razão, escrevo esta crônica, por ser, sem dúvida, a mais extraordinária que conheço, na realidade ou na fábula. Digo "extraordinária" mesmo para os leitores profissionais de romances, apesar de nela não haver mulheres, além da pobre Fulata. Há Gagula, sim. Mas esse monstro tinha 100 anos, pouca forma humana, e não sensibiliza. Em todas estas duzentas páginas, realmente, não passa uma *saia*. E todavia, assim escasso como é nas graças do feminino, não creio que exista um caso mais raro e mais cativante.

A única vez que tive de fazer publicamente uma narração foi diante dos magistrados, no Natal, quando depus como testemunha sobre a morte dos nossos serviçais Quiva e Venvogel. Por essa ocasião comecei assim, muito dignamente, com aprovação de todos, com louvores do periódico de Durban: "Eu, Alão Quartelmar, residente em Durban, no Natal, *gentleman*, declaro e juro que...". Não me parece, porém, que seja esta a adequada maneira de principiar um livro. Além disso, posso eu afirmar, em tipo de imprensa, que "sou um *gentleman*"? O que é um *gentleman*? O que é ser *gentleman*? Conheço aqui cafres nus que o *são*; e conheço cavalheiros chegados de Inglaterra, com grandiosas malas e anéis de armas nos dedos, que o *não são*. Eu, pelo menos, nasci *gentleman*; apesar de me ter volvido depois num pobre e simples caçador de elefantes. Ora, se nessa carreira e nos acasos que ela me trouxe, permaneci sempre *gentleman,* não me compete a mim avaliar. Deus sabe que, com valente esforço, procurei conservar-me *gentleman*, como nascera. Tenho morto, é certo, muito homem; mas estas duas mãos, bem haja a minha fortuna, estão puras de sangue inútil. Matei para que me não matassem. O Senhor deu-nos as nossas vidas, como sagrados depósitos que lhe pertencem e que devemos defender. Guiei-me sempre por este princípio; e conto que o bom Deus, um dia, me dirá lá em cima: "Fizeste bem, Quartelmar!". Este mundo, meus amigos, é muito áspero de atravessar; e os destinos violentos impõem-se por vezes com uma lógica inexorável. Aqui estou eu, homem ordeiro, tímido, bonacheirão, que, constantemente, desde criança, me acho envolvido em carnificinas! Felizmente nunca roubei. Uma ocasião, é verdade, abalei com quatro vacas que pertenciam a um cafre. Mas o cafre tinha-me rapinado sordidamente, e desde então essas quatro vacas trago-as sempre na consciência. Só quatro vacas. Pois têm-me pesado mais que uma manada de gado!

Foi há dezoito meses, pouco mais ou menos, que encontrei os dois homens que deviam ser meus companheiros nesta aventura singular à terra dos Cacuanas. Nesse outono, eu andara numa grande batida aos elefantes, para lá do distrito de Bamanguato. Tudo nessa expedição me correu mal, e por fim apanhei as febres. Mal me pude ter nas pernas, larguei para as minas de diamantes (as diamanteiras), vendi o marfim que trazia, passei o carrão e o gado, debandei os caçadores, e tomei a diligência para o Cabo. Ao fim de uma semana, no Cabo, descobri que o hotel me roubava infamemente; além disso, já vira todas as curiosidades, desde o novo Jardim Botânico que há de certamente conferir grandes benefícios à cidade, até ao novo Palácio do Parlamento que, tenho a certeza, não há de conferir benefícios nenhuns; de sorte que decidi voltar para o Natal pelo Dunkeld, pequeno vapor costeiro que estava nas docas à espera do paquete de Inglaterra, o Edimburgh Castle. Tomei passagem, e fui para bordo.

Nessa tarde chegou o Edimburgh Castle: os passageiros que trazia para o Natal transbordaram para o Dunkeld, e levantamos ferro ao pôr do sol.

Entre os passageiros de Inglaterra que mudaram para o Dunkeld havia dois que me despertaram logo certo interesse. Um deles, um homenzarrão de perto de 35 anos, tinha os ombros mais cheios e os braços mais musculosos que eu até aí encontrara, mesmo em estátuas. Além disso, cabelos ondeados e cor de ouro; barbas ondeadas e cor de ouro; feições aquilinas e de corte altivo; olhos pardos, cheios de firmeza e de honestidade. Varão esplêndido que me fez pensar nos antigos dinamarqueses. Para dizer a verdade, dinamarqueses só conheci um, moderno, horrivelmente moderno, que me estafou dez libras; mas lembro-me de ter admirado um quadro, *Os Antigos Dinamarqueses,* em que havia homens assim, de grandes barbas amarelas e olhos claros, bebendo num bosque de carvalhos por grandes cornos que empinavam à boca. Este cavalheiro (vim a saber depois) era um inglês, um fidalgo, um *baronet*. Chamava-se Curtis, o barão Curtis. E o que me feriu mais foi ele parecer-se extremamente com alguém que eu encontrara no interior, para além de Bamanguato. Quem?... Não me podia lembrar.

O sujeito que vinha com ele pertencia a um tipo absolutamente diferente, baixo, reforçado, trigueiro, e todo rapado. Calculei logo pelas suas maneiras que tínhamos ali um oficial de marinha; e verifiquei depois, com efeito, que era um primeiro-tenente da Armada Real, reformado em capitão-tenente, e por nome John Good. Este impressionou-me pelo apuro. Nunca conheci ninguém mais escarolado, mais escanhoado, mais engomado, mais envernizado! Usava no olho direito um vidro, sem aro, sem cordel, e tão fixo que parecia natural como a pálpebra. Nem um só momento o surpreendi sem aquele vidro, e cheguei mesmo a pensar que dormia com ele cravado na órbita. Só muito tarde descobri que à noite o metia no bolso das calças, no mesmo bolso em que guardava a dentadura postiça, a mais bela, a mais perfeita dentadura que me recordo de ter contemplado, mesmo em anúncios de dentistas. E o capitão John Good, destas, possuía duas!

Apenas nos fizemos ao largo, começou o mau tempo. Brisa forte, névoa úmida e fria. Depois cada solavanco (o Dunkeld, barco de fundo chato, não levava carga) que não se podia arriscar uma passada confortável na tolda. De sorte que me recolhi para junto da máquina, onde fazia um calorzinho sereno, e ali fiquei olhando para o pêndulo, que marcava, com desvios largos, o ângulo de balanço do Dunkeld.

– Pêndulo errado – rosnou de repente uma voz ao meu lado, na sombra da noite que caía.

Olhei. Era o oficial da marinha.

– Errado, hein?... Acha? – perguntei.

– Acho o quê?... Se o vapor se inclinasse quanto marca o pêndulo, não se tornava mais a levantar... Aqui está o que eu acho. Mas é sempre assim, com estes capitães de marinha mercante...

Felizmente, nesse instante, tocou a sineta do jantar, com imenso alívio meu; porque se há, sob a cúpula dos céus, uma coisa temerosa, é a loquacidade de um oficial da marinha de guerra desabafando sobre a inépcia dos oficiais da marinha mercante. Pior do que essa coisa temerosa, só a coisa inversa!

O capitão John e eu descemos juntos para o salão. O barão Curtis já lá estava, no topo da mesa, à direita do comandante do Dunkeld. John acomodou-se ao lado do seu companheiro; eu defronte, onde havia dois talheres desocupados. Logo depois da sopa o comandante, com a lamentável mania dos homens de mar, começou a falar de caça. Primeiramente de caça miúda, de condores e de abutres. Depois passou a elefantes.

– Ah! Comandante – exclamou ao lado um patrício meu, de Durban –, para elefantes temos presente uma grande autoridade... Se há homem em África que entenda de elefantes, é aqui o nosso companheiro e amigo Alão Quartelmar.

Por acaso, nesse momento, eu pousara os olhos no barão Curtis; e notei que o meu nome, assim pregoado com a minha profissão, lhe causara emoção e surpresa. John cravou também em mim o seu vidro, com uma curiosidade que faiscava. Por fim o barão inclinou-se, através da mesa, e numa voz grave e funda, bem própria do robusto peito de onde saía:

– Peço perdão – disse –, mas é porventura ao senhor Alão Quartelmar que me estou agora dirigindo?

– A ele próprio.

O homenzarrão passou a mão pelas barbas, e, distintamente, muito distintamente, o ouvi murmurar: "Ainda bem!".

Não se passou mais nada até ao doce. Mas fiquei ruminando aquele espanto e aquele "ainda bem".

Depois do café, enchia o meu cachimbo para subir à tolda, quando o barão, com os seus modos sérios e lentos, se adiantou para mim, e me convidou "a passar ao seu beliche, tomar um grogue, e conversar...". Aceitei. O barão ocupava um camarote de tolda, o melhor do Dunkeld, espaçoso, arejado, com um sofá, espelhos, e duas largas cadeiras de verga. O capitão John viera também. Todos três nos sentamos, acendendo os cachimbos, enquanto o moço corria pelos grogues.

Houve primeiramente um silêncio. Outro criado entrou, a acender o candeeiro. Por fim, apareceram os grogues.

O barão Curtis, então, passou a mão pelas barbas, nesse jeito que lhe era costumado, e voltando-se bruscamente:

– Diga-me uma coisa, senhor Quartelmar... Aqui há dois anos, por este tempo, esteve num sítio chamado Bamanguato, ao Norte do Transval. Não é verdade?

– Perfeitamente – respondi eu, pasmado de que aquele cavalheiro se achasse, no seu condado, em Inglaterra, tão bem informado das jornadas que eu fazia no Sul de África!

– A negócio, hein? – acudiu o capitão John.

– Sim, senhor, a negócio. Levei uma carregação de fazendas, acampei, fora da feitoria, e lá fiquei até liquidar.

O barão conservou, durante um momento, pregados em mim os seus olhos cinzentos e largos. Pareceu-me que havia neles ansiedade e temor.

– E diga-me, encontrou aí, em Bamanguato, um homem chamado Neville?

– Encontrei. Esteve acampado ao meu lado durante uns quinze dias, a descansar o gado antes de meter para o Norte. Aqui há meses recebi eu uma carta de um procurador, perguntando-me se sabia o que era feito desse sujeito... Respondi como pude...

– Bem sei! – atalhou o barão. – Li a sua resposta. Dizia o senhor Quartelmar que esse sujeito Neville partira de Bamanguato, no princípio de maio, num carrão, com um serviçal e um caçador cafre chamado Jim, tencionando puxar até Iniati, última estação na terra dos Matabeles, para de lá seguir a pé, depois de vender o carrão. O senhor Quartelmar acrescentava que o carrão decerto o vendera ele, porque seis meses depois vira-o em poder de um português. Esse português não se lembrava bem do nome do homem a quem o comprara. Sabia só que era um branco, e que se metera para o mato com um cafre...

– É verdade – murmurei eu.

Houve outro silêncio, que eu enchi com um sorvo ao grogue. Por fim o barão prosseguiu, com os olhos sempre cravados em mim, insistentes e ansiosos:

– O senhor Quartelmar não sabe quais as razões que levaram assim esse sujeito Neville para o Norte?... Não sabe qual o fim da jornada?

– Ouvi alguma coisa a esse respeito – murmurei.

E calei-me prudentemente, porque nos íamos avizinhando de um ponto em que, por motivos antigos e graves, eu não desejava bulir.

O barão voltou-se para o seu companheiro, como para o consultar. O outro, por entre a fumaraça do cachimbo, baixou a cabeça num *sim* mudo. Então o meu homenzarrão, decidido, abriu os braços, desabafou:

– Senhor Quartelmar, vou-lhe fazer uma confidência! Vou-lhe mesmo pedir o seu conselho, e talvez o seu auxílio... O agente que me remeteu a sua carta afiançou-me que eu podia confiar absolutamente no senhor Quartelmar, que é um homem de bem, discreto como poucos, e respeitado como nenhum em toda a colônia do Natal.

Dei um sorvo tremendo ao conhaque, para esconder o meu embaraço, porque sou extremamente modesto.

– Senhor Quartelmar – concluiu o barão –, esse sujeito chamado Neville era meu irmão.

– Ah! – exclamei.

Com efeito! Agora, agora recordava eu bem com quem o barão se parecia! Era com esse Neville. Somente o outro tinha menos corpo, e a barba escura. Mas nos olhos havia a mesma franqueza, e havia a mesma decisão.

– Era meu irmão – continuou o barão. – Meu irmão mais novo, e único. Até aqui há cinco anos, vivemos sempre juntos. Depois um dia, desgraçadamente, tivemos uma questão, uma terrível questão. E para lhe dizer a verdade toda, senhor Quartelmar, eu comportei-me para com meu irmão da maneira mais injusta! Foi sob o impulso do despeito, da cólera, é certo... Mas, em suma, comportei-me injustamente.

– Cruelmente – murmurou do lado o capitão John, que fumava com os olhos cerrados.

– Cruelmente, com efeito. Como o senhor Quartelmar sabe, em Inglaterra, quando um homem morre sem testamento e não tem senão bens de raiz, tudo passa para o filho mais velho. Ora sucedeu que meu pai morreu exatamente quando meu irmão Jorge e eu estávamos assim de mal. Herdei tudo; e meu irmão, que não tinha profissão, nem habilitações, ficou sem real. O meu dever, está claro, era criar-lhe uma situação independente. É o que todos os dias se faz em Inglaterra, nesses casos. Mas por esse tempo, a nossa questão estava em carne viva. Eu não lhe ofereci nada. Ele também, orgulhoso, sobretudo brioso, nada pediu. Assim ficamos, de longe, eu rico e ele pobre... Peço perdão de o fatigar com esses detalhes, senhor Quartelmar, mas preciso pôr as coisas bem claras... Não é verdade, John?

– Escrupulosamente claras! – acudiu o outro. – De resto, o nosso amigo Quartelmar guarda para si esta história...

– Pudera! – exclamei.

– Pois bem – continuou o barão –, meu irmão possuía de seu, nessa época, umas duzentas libras. Um belo dia, agarra nesta miséria, toma o nome de Neville, e abala para África a tentar fortuna! Eu só o soube mais tarde, meses depois de ele ter embarcado. Passaram três anos. Notícias dele, nenhumas. Comecei a andar inquieto. Escrevi-lhe. Naturalmente as minhas cartas não lhe chegaram. E eu cada dia mais aflito! Para o senhor Quartelmar compreender tudo bem, deve saber que, desde pequeno, desde o berço, meu irmão foi a forte e grande afeição da minha vida. E, por outro lado, a nossa questão, assim amarga e áspera por sermos ambos muito novos e muito exaltados, nasceu de quê? De uma mulher cujo nome já quase me esqueceu. E meu pobre irmão, coitado, se ainda é vivo, não se lembrará mais do que eu. Ora aqui tem! E já por isso o senhor Quartelmar compreende...

– Perfeitamente, perfeitamente...

– Pois bem, descobrir meu irmão passou a ser a minha ideia constante, dia e noite. Mandei fazer aqui, no Cabo, toda a sorte de pesquisas. Um dos resultados, o mais importante, foi a sua carta, senhor Quartelmar. Importante porque me dava a certeza que, meses antes, meu irmão estava na África, e vivo. Desde esse momento decidi vir eu mesmo, pessoalmente, continuar as pesquisas. Agentes, por mais dedicados, mais bem pagos, não têm o interesse de coração; é com o coração justamente que eu conto, com a perspicácia, a inspiração especial que ele às vezes possui. De resto, sempre tencionei visitar as nossas colônias de África... E aqui tem o senhor Quartelmar a minha história. O mais extraordinário, é que o tivéssemos encontrado logo, a si, a pessoa justamente que viu meu irmão vivo, a pessoa justamente a quem eu me ia dirigir apenas quando chegasse ao Natal. Quer que lhe diga? Acho bom agouro. Em todo o caso, aqui estou, pronto para tudo, com o meu velho amigo, o capitão John, companheiro fiel de muitos anos, que teve a dedicação de me acompanhar.

O outro encolheu os ombros, sorrindo, com a esplêndida dentadura.

– Não havia neste momento nada interessante a fazer na velha Europa!... Gasta, insipidíssima, a velha Europa!

Depois, reenchendo o cachimbo, acrescentou muito sério:

– E agora que o nosso amigo Quartelmar conhece os motivos que nos trazem à África, e o interesse que nos prende a esse homem chamado Neville, espero da sua lealdade que não terá dúvida em nos dizer tudo o que sabe, ou tudo o que ouviu, a respeito dele. Hein?

Impressionado, respondi:

– Não tenho dúvida, por ser questão de sentimento.

# PRIMEIRA NOTÍCIA DAS MINAS DE SALOMÃO

Sacudi a cinza do cachimbo na palma da mão, e comecei, muito devagar, para tudo pôr bem claro e exato:

– Aqui está o que ouvi a respeito desse cavalheiro Neville. E isso, que me lembre, nunca, até ao dia de hoje, o disse a ninguém. Ouvi que esse cavalheiro fora para o interior à busca das minas de Salomão.

Os dois homens olharam para mim, com assombro:

– As minas de Salomão?! Que minas?... Onde são?

– Onde são, não sei. Sei apenas onde *dizem que estão*. Aqui há anos vi de longe os dois picos dos montes que, segundo corre, lhes servem de muralha. Mas entre mim e os montes, meus senhores, havia duzentas milhas de deserto. E esse deserto, meus senhores, nunca houve ninguém (quero dizer, homem branco) que o atravessasse, a não ser um, em outras eras. Porque toda esta história vem muito de trás, de há séculos! Eu não tenho dúvida em a contar, mas com uma condição: é que os cavalheiros não a hão de transmitir sem minha autorização. Tenho para isso razões, e fortes. Estão os cavalheiros de acordo?

– Com certeza!

Narrei então, longamente, tudo o que sabia, história ou fábula, sobre as minas de Salomão. Foi há trinta anos que pela primeira vez ouvi falar destas minas a um caçador de elefantes, um homem muito sério, muito indagador, que recolhera assim, nas suas jornadas através de África, tradições e lendas singularmente curiosas. Tinha-me eu encontrado com ele na terra dos Matabeles, numa das minhas primeiras expedições ao interior, à busca do elefante e do marfim. Chamava-se Evans. Era um dos melhores caçadores de África. Foi estupidamente morto por um búfalo, e está enterrado junto às quedas do Zambeze.

## AS MINAS DO REI SALOMÃO

Pois uma noite, sentados à fogueira, no mato, sucedeu mencionar eu a esse Evans umas construções extraordinárias com que casualmente dera, andando à caça do *koodoo* por aquela região que forma hoje o distrito de Lidemburgo, no Transval. Essas obras foram depois encontradas, e aproveitadas até, pela gente que veio trabalhar as minas de ouro. Mas ninguém (quero dizer, nenhum branco) as tinha visto antes de mim. Era uma estrada enorme, magnífica, cortada na rocha viva, levando a uma galeria sem-fim, metida pela terra dentro, toda de tijolo, e com grandes pedregulhos de minério de ouro empilhados à entrada. Obra extraordinária! E a raça que a fizera desaparecera, sem deixar um nome, nem outro vestígio de si, além daquela galeria, que revelava um grande saber, uma grande indústria e uma grande força.

– Curioso! – murmurou Evans. – Mas conheço melhor!

E contou-me então que no interior, muito no interior, descobrira ele uma cidade antiquíssima, toda em ruínas, que tinha a certeza de ser Ofir, a famosa Ofir da Bíblia. Lembro-me bem a impressão e o assombro com que eu escutei a história dessa cidade fenícia perdida no sertão de África, com os seus restos de palácios, de piscinas, de templos, de colunas derrocadas!... Mas depois Evans ficara calado, cismando. De repente diz:

– Tu já ouviste falar das serras de Suliman, umas grandes serras que ficam para além do território de Machuculumbe, a Noroeste?

– Não, nunca ouvi.

– Pois, meu rapaz, aí é que Salomão verdadeiramente tinha as suas minas, as suas minas de diamantes!

– Como se sabe?

– Como se sabe?! Tem graça! Sabe-se perfeitamente. O que é *Suliman* senão uma corrupção de *Salomão?* O nome das serras, realmente, sempre foi *serras* de Salomão. Além disso, uma feiticeira do distrito de Manica, uma velha de mais de 100 anos, contou-me tudo... Isto é, contou-me que para lá das serras vive um povo que é da raça dos Zulus, e fala um dialeto zulu; mas como força, e corpulência, e coragem, vale mais que os Zulus. Pois nesse povo há videntes, grandes feiticeiros, que de geração em geração têm trazido o segredo de uma mina prodigiosa, que foi de um rei branco, muito antigo, e que ainda hoje está cheia de pedras brancas que reluzem... De sorte que não há dúvida nenhuma.

Para mim havia toda a dúvida. As ruínas de Ofir interessavam-me, como da nossa crença e da Bíblia; mas das minas de *pedras brancas que reluzem,* conhecidas em segredo por feiticeiros zulus, teria certamente rido se não fora o respeito devido a um caçador tão digno como Evans. De madrugada, Evans partiu a acabar tristemente nas pontas de um búfalo. E não pensei mais em Salomão, nem nas suas minas de diamantes.

Aqui há vinte anos, porém, num encontro muito singular que tive no distrito de Manica, de novo ouvi falar das minas de Salomão, e de um modo que para sempre me devia impressionar. Era num sítio chamado a "aringa de Sitanda". Não há pior em toda a África. Fruta nenhuma, caça nenhuma, tudo seco, tudo triste; e os pretos vendem os ossos de um frango por fazenda que vale uma vaca.

Apanhei lá um ataque de febre, e estava fraquíssimo, enfastiadíssimo, quando me apareceu um dia um português de Lourenço Marques, acompanhado por um serviçal mestiço. Entre os portugueses de Lourenço Marques, há sofrível e há péssimo. Mas este era dos melhores que eu vira: um homem muito alto e muito magro, de belos olhos negros, os bigodes já grisalhos todos retorcidos, e umas maneiras graves que me fizeram pensar nos velhos fidalgos portugueses que aqui vieram há séculos e de que tanto se lê nas histórias. Conversamos bastante nessa noite, porque ele falava um bocado de mau inglês, eu um bocado de mau português; e soube que se chamava José Silveira, e que possuía uma fazenda ao pé da cidade, em Lourenço Marques.

Na manhã seguinte, cedo, antes de partir com o mestiço, acordou-me para se despedir, de chapéu na mão, cortês e grave como os antigos, os que tinham *Dom.*

– Até mais ver, camarada!

– Boa viagem! Até mais ver!

O homem conservava pregados em mim os grandes olhos negros, que rebrilhavam. Depois acrescentou muito sério:

– Se nos tornarmos outra vez a encontrar, hei de ser a pessoa mais rica deste mundo! E pode contar, camarada, que não me hei de esquecer de si!

## AS MINAS DO REI SALOMÃO

Nem ri. Estava debilitado para rir. Fiquei estirado na manta, olhando para o estranho homem que, a grandes passadas, com a cabeça alta e cheia de esperança, se metia pelo mato dentro.

Passou uma semana, e melhorei da febre. Uma tarde achava-me sentado no chão defronte da barraca, rilhando a última perna de um desses frangos que os pretos me vendiam por chita do valor de uma vaca, e pasmando para o enorme disco de Sol que descia ao fundo do deserto, quando de repente avistei, escura sobre a vermelhidão do poente, numa elevação do terreno, a figura de um homem que era certamente europeu porque trazia um casacão comprido. No mesmo momento em que eu dera com os olhos nele, o homem oscilou, caiu de bruços e começou a arrastar-se pelo chão, lentamente! Com um esforço desesperado, ainda se ergueu, e tentou pelo cômoro abaixo alguns passos que cambaleavam. Por fim tombou de novo, e ficou estirado, como morto, contra um tufo de tojo alto. Gritei a um dos meus caçadores que acudisse. E quando ele voltou, amparando o homem nos braços, quem hei de eu ver? O José Silveira!

José Silveira, ou antes o seu miserável esqueleto, com todos os ossos rompendo para fora da pele, mais seca que pergaminho e amarela como gema de ovos. Os olhos saltavam-lhe da cara, à maneira de dois bugalhos de sangue. E o cabelo, que eu lhe vira grisalho, vinha branco, todo branco como uma bela estriga de linho.

– Água! – gemeu ele. – Água, pelas cinco chagas de Cristo!

O infeliz tinha os beiços horrivelmente estalados, e entre eles a língua pendia-lhe, toda inchada e toda negra! Dei-lhe água com leite, de que bebeu talvez dois quartilhos, a grandes sorvos, e sem parar. Foi necessário arrancar-lhe a vasilha. Depois caiu de costas, rompeu a delirar. Ora gemia, ora gritava. E era sempre sobre as serras de Suliman, os diamantes e o deserto!

Levei-o para dentro da tenda; e, com o pouco que tinha, fiz o pouco que podia. O homem estava perdido. Rente da meia-noite sossegou. Eu, esfalfado, adormeci. Acordei de madrugada; e, ao primeiro alvor da luz, dou com ele (forma sinistra!) de joelhos, à porta da barraca, de olhos cravados para o longe, para o deserto! Nesse instante, um raio de Sol que nascia frechou através do vasto descampado, e foi bater ao fundo, a cem milhas de nós, o pico mais alto das serras de Suliman. O homem soltou um grito, atirou de maneira desesperada para diante os dois braços de esqueleto:

– Lá estão elas, Santo Deus, lá estão elas!... E dizer que não pude lá chegar! Parecem tão perto! Logo ali, uns passos mais... E agora acabou-se, estou perdido, ninguém mais pode lá ir!

De repente, emudeceu. Depois virou para mim, muito devagar, a face lívida e como esgazeada por uma ideia brusca.

– Ó camarada, onde está?... Já o não distingo, vai me a fugir a vista!

– Estou aqui; sossegue, homem.

– Tenho tempo para sossegar, tenho toda a eternidade! Escute. Eu estou a morrer. Você tem sido bom comigo, camarada... E para que havia eu de levar o segredo para debaixo da terra? Ao menos alguém se aproveita! Talvez você lá possa chegar, se conseguir atravessar esse deserto que matou o meu pobre criado, que me está a matar a mim...

Começou então a procurar tremulamente dentro do peito da camisa. Tirou por fim uma espécie de bolsa de tabaco já velha, apertada com uma correia. Estava tão fraco que as suas pobres mãos nem puderam desfazer o nó. Fez-me um gesto, um gesto exausto, para que eu o desatasse. Dentro havia um farrapo de linho amarelado, com linhas escritas, num tom antiquíssimo, de cor de ferrugem. E dentro do farrapo estava um papel dobrado.

– O papel – murmurou ele numa voz que se extinguia – é a cópia do que está escrito no trapo. Levou-me anos a decifrar, a entender... Foi um antepassado meu, um dos primeiros portugueses que vieram a Lourenço Marques, que escreveu isso, quando estava para morrer acolá naquelas serras. Chamava-se D. José da Silveira, e já lá se vão trezentos anos... Um escravo que ia com ele, e que ficara a esperar, do lado de cá do monte, vendo que o amo não voltava, procurou-o, foi dar com ele morto, e trouxe para Lourenço Marques o bocado de linho que tinha letras. Desde então ficou guardado na nossa família. Há trezentos anos! E ninguém pensou em o decifrar até que eu me meti nisso... Custou-me a vida. Mas

As Minas do Rei Salomão

talvez outro consiga. Talvez outro chegue lá, às malditas serras! Será então o homem mais rico deste mundo! O mais rico, o mais rico! Tente você, camarada... Não dê o papel a ninguém! Vá você!

As últimas palavras saíram como um débil sopro. Caiu de costas, recomeçou a delirar. Daí a uma hora tudo acabou. Deus tenha a sua alma em descanso! Morreu serenamente, sem esforço e sem dor. Por minhas mãos o enterrei, bem fundo na terra, com fortes pedregulhos por cima do peito. Ao menos assim não darão com ele os chacais.

Foi ao pé da cova onde o desgraçado jazia que examinei o documento. Era, como disse, um farrapo de linho, rasgado de uma fralda de camisa e do tamanho de um palmo. No topo tinha os traços de um mapa, ou de um roteiro, rapidamente e toscamente lançados.

Era pouco mais ou menos isto:

Por baixo vinham linhas escritas, numa letra muito antiga e cor de ferrugem. Para mim eram ininteligíveis. Mas o papel continha a decifração, e dizia assim:

*Estou morrendo de fome, numa cova da banda Norte de um destes montes a que dei o nome de Seios de Sabá, no que fica mais a Sul. Sou D. José da Silveira, e escrevo isto no ano de 1590, com um pedaço de osso, num farrapo da camisa, tendo por tinta o meu sangue. Se o meu escravo aqui voltar, reparar neste escrito, e o levar para Lourenço Marques, que o meu amigo (aqui um nome ilegível), logo pela primeira nau que passar para o reino, mande estas coisas ao conhecimento de el-rei, para que ele remeta uma armada a Lourenço Marques, com um troço de gente, que se conseguir atravessar o deserto, vencer os Cacuanas, que são valentes, e desfazer os seus feitiços (devem vir muitos missionários) tornarão sua alteza o mais rico rei da Cristandade. Com meus próprios olhos vi os diamantes sem conta amontoados num subterrâneo que era o depósito dos tesouros de Salomão, e que fica por trás de uma figura da Morte. Mas por traição de Gagula, a feiticeira dos Cacuanas, nada pude trazer, apenas a vida!*

*Quem vier, siga o mapa que tracei, e trepe pelas neves que cobrem o Seio de Sabá, o esquerdo, até chegar ao cimo, de onde verá logo, para o lado Norte, a grande calçada feita por Salomão. Daí siga sempre, e em três dias de marcha encontrará a aringa do rei. Quem quer que venha que mate Gagula. Rezem pelo descanso da minha alma. Que el-rei Nosso Senhor seja logo avisado. Adeus a todos nesta vida!*

Tal era o extraordinário documento que textualmente li ao barão Curtis e ao capitão, porque trazia sempre comigo (e ainda trago) uma tradução dele, em inglês, na carteira.

Quando acabei, os dois amigos olhavam para mim, mudos de espanto. Por fim o capitão, com o leve suspiro de quem repousa de uma prolongada emoção, bebeu um trago de grogue, e mais sereno:

– O nosso amigo, o senhor Quartelmar, não nos tem estado a intrujar?

Meti com força o papel na algibeira, e, erguendo-me, repliquei de maneira seca:

– Se os cavalheiros assim pensam, não me resta mais nada senão desejar-lhes muito boas noites!

O barão acudiu, pousando-me no ombro a sua larga mão:

– Pelo amor de Deus, senhor Quartelmar! Nem John, nem eu duvidamos da sua veracidade. Mas, enfim, tenho ouvido dizer que aqui na colônia é coisa corrente e bem aceita troçar um pouco os que chegam, os *novatos* de África... E depois essa história é tão extraordinária!

Insisti, ainda ofendido:

– O original escrito pelo velho fidalgo no farrapo de camisa, tenho-o em Durban! Será a primeira coisa que lhes hei de mostrar em chegando!... Não há uma palavra...

O barão atalhou, gravemente:

– Toda a palavra do senhor Quartelmar é coisa séria, e como tal a tomamos.

Durante um momento ficamos calados. Eu serenei. Por fim o barão, que dera sobre o tapete do beliche alguns passos pensativos, parou diante de mim:

– E meu irmão? Como soube o senhor Quartelmar que meu irmão tentou também essa jornada às minas?

Narrei então o que me sucedera com esse sujeito Neville, quando estávamos acampando, lado a lado, em Bamanguato. Eu não o conhecia; nem então começamos relações, apesar de termos o gado junto. Mas conhecia o serviçal que o acompanhava, um chamado Jim. Era um bexuana, excelente caçador e, para bexuana, esperto, consideravelmente esperto! Na manhã em que Neville devia meter-se para o sertão, vi Jim, ao pé do meu carrão, cortando folhas de tabaco.

– Para onde é essa jornada, Jim? – perguntei eu, sem curiosidade, só para mostrar interesse ao rapaz. – Ides a elefantes?

Jim mostrou os dentes todos, num riso vivo:

– Não, patrão. Vamos a coisa melhor que marfim.

– Melhor que marfim?! Ouro?

– Melhor que ouro! – murmurou ele, arreganhando mais a dentuça.

Calei-me, porque não convinha à minha dignidade de patrão e de branco revelar curiosidade diante de um bexuana. Confesso, porém, que fiquei intrigado. Daí a pouco Jim acabou de cortar o tabaco. Mas por ali se quedou, rondando, coçando devagar os cotovelos, à espera, com os olhos em mim. Não dei atenção.

– Ó patrão! – murmurou ele, numa ânsia de desabafar. Permaneci indiferente, por dignidade. Ele tornou: – Ó patrão!

– Que é, homem?

– Vamos à procura de diamantes, patrão! – atirou-me ele ao ouvido.

– Diamantes?! Boa! Então ides para o lado oposto. Devíeis meter direito ao Sul, para as diamanteiras.

O bexuana baixou mais a voz:

– Ó patrão! Já ouviu falar das serras de Suliman? Pois lá é que estão os diamantes. O patrão nunca ouviu?

– Tenho ouvido muita tolice na minha vida, Jim.

– Não é tolice, patrão. Eu conheci uma mulher que veio de lá, com um filho, e que vivia no Natal. Morreu há anos, o filho por lá anda. E foi ela que me disse tudo. Há lá diamantes!

– Olha, Jim, o que te digo é que teu amo vai dar de comer aos abutres, que andam por lá esfomeados. E tu, essa pouca carne que tens nos ossos, também vai daqui direitinha aos abutres.

O homem teve outro riso fino:

– A gente tem de morrer, e eu não desgosto de experimentar terras novas. O elefante por aqui já não rende. O bexuana cá vai para os diamantes, e o bexuana vai cantando!

– Pois quando a morte te agarrar pelas goelas, veremos então se ainda canta o bexuana!

Jim abalou. Daí a meia hora o carrão do senhor Neville pôs-se em marcha para o Norte. Mas não rodara ainda dez jardas, quando Jim voltou para trás, a correr.

– Adeus, patrão! – exclamou. – Não me quis ir de todo sem lhe dizer adeus, porque me parece que o patrão tem razão e que nunca mais cá voltamos!

– Ouve cá, Jim, teu amo vai com efeito às serras de Suliman, ou tudo isso é patranha?

O bexuana jurou que não contava patranhas. O amo ia realmente em demanda das serras e das minas que estavam para além. Ainda na véspera o amo dissera que, para tentar fortuna na África, tanto montava ir em cata de diamantes, como de ouro ou de ferro. Tudo dependia da sorte, porque no torrão tudo havia. Assim ele ia aos diamantes, que era o mais rápido para enriquecer; ou para morrer.

Refleti um momento.

– Escuta, Jim. Vou escrever umas palavras a teu amo. Mas hás de prometer que não lhas entregas senão em chegando a Iniati!

Iniati ficava daí a umas quarenta léguas. O bexuana prometeu.

Rasguei um bocado de papel da carteira, escrevi a lápis estas linhas: "Quem vier... trepe pelas neves que cobrem o Seio de Sabá, o esquerdo, até chegar ao cimo, de onde verá logo, para o lado Norte, a grande calçada feita por Salomão".

– Bem! Ora agora, Jim, quando deres este papel a teu amo, diz-lhe que lho manda quem sabe, e que siga bem a indicação! Mas ouviste? Só lho dás quando chegares a Iniati; que eu não quero que ele me volte para trás e me venha fazer perguntas! Entendeste? Então abala, madraço, que o carrão come caminho!

Jim agarrou o bilhete e largou a correr. Daí a pouco o carrão sumiu-se por trás das colinas. E isto, em verdade, era tudo o que eu sabia a respeito desse sujeito Neville.

Mal eu acabara, o barão, sem hesitação, e com perfeita simplicidade, disse:

– Senhor Quartelmar, vim à África procurar meu irmão. Desde que alguém o viu pondo-se em marcha para as serras de Suliman, o que devo a mim mesmo é marchar também para esse lado. Pode ser que o encontre; ou que venha a saber que morreu; ou que volte sem nada saber, na antiga incerteza; ou que não volte, como o velho fidalgo. Em todo o caso o meu dever, desde que me impus esta tarefa, é tomar o caminho que meu irmão tomou. E agora pergunto eu: quer o senhor Quartelmar vir comigo?

Também não hesitei. Foi logo, de golpe:

– Muitíssimo obrigado, senhor barão! Se tentássemos atravessar as cordilheiras de Suliman, ficávamos lá como os dois Silveiras. Eis a minha cândida convicção. Ora há em Londres um pobre rapaz que anda nos seus estudos, que é meu filho, e que não me tem senão a mim neste mundo. E por ele, se não já por mim, não me convém por ora morrer. Em todo o caso agradeço a sua lembrança. É de amigo!

O barão voltou-se para o seu companheiro, com um ar profundamente desconsolado, e que quase comovia naquele homem tão robusto e tão nobre. O outro murmurou: "É pena, grande pena!".

– Senhor Quartelmar! – exclamou então o barão. – Quando me meto numa empresa, tudo sacrifico para a levar a cabo. Eu tenho fortuna, uma grande fortuna, e necessito do seu auxílio. O senhor Quartelmar pode, portanto, pedir-me o que quiser pelos seus serviços, já não digo dentro do razoável, mas dentro do possível. Além disso, apenas chegarmos a Durban, vamos a um tabelião, e eu obrigo-me, por uma escritura, a continuar a educação de seu filho, no caso de lhe acontecer a si um desastre, ou a deixar-lhe uma independência, no caso de eu estourar também. Vê que estou pronto a tudo. Ainda mais. Se, por acaso, descobríssemos os diamantes, metade deles ficariam pertencendo ao senhor Quartelmar, outra metade ao capitão John. É verdade que nenhum de nós acredita nos diamantes, e, portanto, essa vantagem conta como zero. Mas podemos aplicar a mesma regra a ouro ou marfim, qualquer fazenda que encontrarmos. Finalmente, escuso de dizer que todas as despesas da expedição correm por minha conta. Creio que não posso fazer mais.

Eu olhava para ele, deslumbrado:

– Barão, essa proposta é a mais generosa que tenho recebido na minha vida! Mas também, que diabo, a empresa seria a mais arriscada em que me tenho metido... Preciso pensar. E antes de chegar a Durban eu lhe darei a resposta. Por hoje, ficamos aqui.

– Ficamos aqui por hoje! – acudiu o capitão, erguendo-se e respirando com alívio.

Com efeito, era tarde. Dei as boas-noites aos dois cavalheiros; e no meu beliche, até de madrugada, sonhei com o antigo D. José da Silveira, com el-rei Salomão, e com montões de pedras que reluziam no fundo de uma caverna.

# O HOMEM CHAMADO UMBOPA

Durante o resto da jornada, pensei constantemente na proposta do barão. Mas nem eu nem ele voltamos a falar de Neville, ou da travessia para as minas. Na tolda e no beliche as nossas conversas rolavam todas sobre caça, sobre aventuras de caça na África. Os dois, homens de grande *sport*, não se fartavam de escutar. E eu, velho palrador, cheio de memórias e já anedótico, não me fartava de contar.

Finalmente, numa esplêndida tarde de janeiro (que é aqui o mês mais quente do ano) avistamos a costa de Natal, com a esperança de dobrar a ponta de Durban ao sol-posto. Toda esta costa é adorável, com as suas longas dunas avermelhadas, os ricos tapetes de verdura clara, as alegres aringas dos cafres espalhadas aqui e além, e a orla espumosa e alva do mar que rebenta nas rochas. Mas, justamente perto de Durban, a região toma uma incomparável riqueza de tons. Nas ravinas, cavadas pelas enxurradas de séculos, faíscam riachos inumeráveis; o verde do mato é mais intenso; os outros verdes de jardins entremeiam-se com as plantações de açúcar; e a espaços uma casa muito branca, sorrindo para a azul placidez do mar, põe uma linda nota, humana e doméstica, na vastidão da paisagem.

Como disse, contávamos dobrar antes do sol-posto a ponta de Durban. Mas quando deitamos âncora já era crepúsculo cerrado, tarde demais para entrar a barra. Tínhamos ainda essa noite a bordo; e descemos ao salão, para um jantar quieto em águas serenas, depois de ver o salva-vidas remar para terra com as malas do correio.

Quando voltamos à tolda, a Lua ia alta, e tão brilhante sobre o mar e a praia, que quase ofuscava os lampejos largos do farol. De terra vinham, através do ar calmo, aqueles picantes e doces aromas de especiarias, que, não sei por que, me fazem sempre lembrar hinos de igreja e missionários.

O bairro de Berea parecia em festa, com todas as varandas alumiadas. Num grande brigue, ancorado ao lado, os marinheiros estavam cantando, ao som do banjo. Era uma noite de encanto como só as há neste abençoado Sul de África, que lançava sobre a alma uma infinita paz, infinita e suave como a luz que derramava a lua cheia. Até o buldogue de um passageiro irlandês, que não cessara de rosnar ferozmente durante toda a jornada, cedera enfim às pacificadoras influências do Sul, e dormia, estirado no convés, com um ar de tréguas e de perdão aos homens.

O barão, o capitão John e eu estávamos sentados junto à roda do leme, olhando e fumando em silêncio.

– Então, senhor Quartelmar? – exclamou de repente o barão, sorrindo. – Aqui estamos em Durban... Pensou nas nossas propostas?

– Vamos ou não vamos de companhia à busca do senhor Neville? – ecoou do lado o amigo John.

Não tugi. Mas ergui-me, e fui, devagar, sacudir para fora da amurada a cinza do meu cachimbo. A verdade é que, depois de muito matutar, eu ainda não tomara uma resolução; ou antes, a minha resolução permanecia vaga, informe, mal assente, necessitando um pequeno impulso exterior que a definisse e a fixasse. E foi justamente aquela exclamação risonha dos dois, o movimento de me erguer e de me abeirar da amurada, que tudo fixou e definiu no meu ânimo. Ainda a cinza não caíra na água e já eu estava resolvido a partir.

– Pensei e vou! – declarei, voltando a sentar-me. – E se os cavalheiros me dão licença, direi as razões por quê, e as condições com quê.

Expus logo as condições, muito claramente:

O barão, em primeiro lugar, corria com todas as despesas; e qualquer achado de valor, diamantes, ouro ou marfim, feito durante a expedição, seria irmãmente dividido entre mim e o capitão John. Em segundo lugar, o barão pagar-me-ia em dinheiro de contado, antes de partirmos, quinhentas libras, comprometendo-me, eu a acompanhá-lo e fielmente servi-lo até que a jornada terminasse ou por um triunfo, ou por um desastre, ou simplesmente por se reconhecer a sua inutilidade. Em terceiro lugar, o barão obrigar-se-ia, por uma escritura, a dar anualmente a meu filho, enquanto durassem os seus estudos, uma pensão de duzentas libras, no caso de eu morrer ou ficar inutilizado...

Ainda eu não findara, já o barão aceitara tudo, largamente, alegremente!

– O que eu quero, seja por que preço for – dizia ele – é a sua companhia, senhor Quartelmar, é o socorro da sua experiência!

– Muito bem. Pois agora, depois de dizer as condições em que vou, quero dizer as razões por que vou. É porque se nós tentarmos atravessar as serras de Suliman, não voltamos de lá vivos! O que sucedeu ao velho Silveira, ao que tinha *Dom,* há trezentos anos; o que sucedeu ao outro, ao que não tinha *Dom,* aqui há vinte; o que sucedeu naturalmente ao senhor Neville, é o que nos vai acontecer a nós! Não saímos de lá vivos.

Olhei atentamente para os dois homens. O amigo John arrepiou um bocado a face. O barão ficou impassível, murmurando apenas:

– Corremos-lhe o risco!

Eu prossegui:

– Agora dirão os cavalheiros. "Se julgas que não saias de lá vivo, para que vais lá?" Em primeiro lugar, porque sou fatalista. Se Deus já decidiu que eu hei de morrer nas montanhas de Suliman, nas montanhas de Suliman hei de morrer ainda que lá não vá. E se Deus decidiu já o contrário, posso lá ir impunemente e de cara alegre. Isto é claro. Em segundo lugar, estou velho, e já vivi três vezes mais do que costuma viver na África um caçador de elefantes. De sorte que, continuando nesta carreira, e, desgraçadamente, não tenho outra, que posso eu durar ainda? Uns anos. Ora se morresse agora, com as dívidas que me pesam em cima, o meu pobre rapaz ficava numa situação má, coitado dele! Enquanto que assim, com quinhentas libras sonantes, saldo as dívidas; e se estourar, o meu rapaz tem diante de si duzentas libras por ano para acabar o curso e para se estabelecer. Ora aqui têm os cavalheiros a coisa em duas palavras.

O barão ergueu-se, excelente homem!, e apertou-me as mãos com efusão.

– Essas razões, a última sobretudo, fazem-lhe imensa honra! Enquanto a sairmos vivos ou não da aventura, o tempo dirá. Eu, por mim, estou decidido a ir até ao cabo, seja qual for, triunfo ou morte! Em todo o caso, se temos assim de morrer tão cedo, não me parecia mau que antes disso, pelo caminho, arranjássemos uma batida aos elefantes. Sempre desejei caçar o elefante, e com a perspectiva de deixar assim os ossos nas serras de Suliman, é prudente que me apresse... Não é verdade, John?

– Com certeza!... De resto, todos nós vimos já muitas vezes a morte diante dos olhos. É um detalhe; para que se há de insistir nele? Viemos à África com um certo fim. Há perigos?

– Acabou-se. Deus é grande.

– Está tudo, portanto, decidido – concluí eu – e parece-me que chegou a ocasião de um grogue.

Fomos ao grogue.

No dia seguinte desembarcamos. Alojei os meus amigos numa "barraca" que possuo na Berea, e a que chamo, em dias de orgulho, "a minha casa". É construída de tijolo, com um telhado de zinco que abriga três quartos e uma cozinha. Em redor, porém, está plantado um bom jardim, com esplêndidas árvores e flores, que um dos meus caçadores, chamado Jack, traz lindamente tratadas. É um pobre homem a quem um búfalo esmigalhou a perna na terra dos Sicucunes. Já não pode seguir a caça; mas, na sua qualidade de Griqua, jardina bem, coisa que um zulu nunca faria decentemente. O zulu tem horror às artes da paz.

O barão e o seu amigo dormiram numa tenda que lhes armei no jardim (dentro de casa não havia espaço) no meio do laranjal. Aqui, em Durban, as laranjeiras têm ao mesmo tempo a flor e o fruto; de sorte que, com o perfume todo em torno, e o brilho das laranjas cor de ouro, e o murmúrio de águas correntes, o sítio era aprazível e grato. Há pior na Europa.

Logo no dia seguinte, sem mais tardança, começamos os preparativos. Antes de tudo fomos ao tabelião lavrar a escritura, em que o barão se obrigava a pensionar o meu rapaz; houve dificuldade, por jazerem em Inglaterra as propriedades do barão; mas arranjou-se uma "tangente", e segura, graças às artes de um advogado que pelos seus serviços apresentou a conta infame de vinte libras! Depois recebi o meu cheque de quinhentas libras. Satisfeita assim a prudência, passamos a comprar o carrão e as juntas de bois. Descobrimos um carrão excelente, com eixo de ferro, sólido e leve, que já fizera uma excursão a Lourenço Marques, o que garantia a firmeza e resistência das madeiras. Era um carrão dos que chamamos de "meia-tenda", isto é, toldado somente até ao meio, e aberto em frente para as bagagens. Sob o toldo tinha almofadões onde podiam dormir bem duas pessoas; além disso, suspensões para as espingardas e bolsas de guardar roupa. Custou-nos cento e vinte e cinco libras, e saiu barato. As juntas de bois eram dez, magníficas. Ordinariamente para uma jornada atrelam-se oito juntas; mas para uma aventura destas, vinte bois não vão de mais. Todos eram de raça zulu, a mais pequena de África, mas a melhor; e todos eles salgados. Chamamos aqui "salgados" aos bois já muito jornadeados pelo Sul de África, e à prova, portanto, da "água vermelha" que destrói às vezes todas as juntas de um carrão. Além disso, todos tinham sido vacinados contra a "maleita de pulmões", forma horrível de pneumonia, que é nestas terras um flagelo para o gado.

Em seguida organizamos provisões e remédios. Este detalhe demandava ciência e cuidado, porque convinha, numa empresa tão acidentada, que nem faltasse o necessário, nem o carrão partisse abarrotado e carregado em demasia. Para os remédios foi-nos de grande utilidade o capitão John, que em tempos estudara para médico da Armada e que (além de possuir, muito a propósito para nós, um estojo de cirurgia e uma farmácia de viagem) conservara conhecimentos genéricos e uma tolerável prática. Durante a nossa estada em Durban cortou ele o dedo polegar a um cafre com uma maestria que fazia apetite ver! O que o perturbou foi o cafre (que observava a operação em perfeita impassibilidade) pedir-lhe depois para lhe pôr *outro dedo novo*.

Restava, enfim, a importante questão de criados e armas. Armas tínhamos por onde as escolher, entre as que eu possuía e a coleção esplêndida que o barão trouxera de Inglaterra. Sete espingardas de dois canos para diferentes caças, três carabinas *Winchester,* três revólveres *Colt*: assim ficou constituído o nosso armamento. Enquanto a criados, depois de muita consulta e reflexão, decidimos limitar o número a cinco; um guia, um boieiro e três serviçais. Boieiro e guia achamos nós facilmente em dois zulus, que se chamavam um Goza e outro Tom. Mas os serviçais eram de mais difícil e delicada escolha. Da paciência, da fidelidade, da coragem dos serviçais poderiam muitas vezes depender as nossas pobres vidas nesta aventura sem igual.

Finalmente, arranjei dois, um hotentote, chamado Venvogel, e um rapazito zulu, de nome Quiva, que tinha o mérito (considerável para os meus companheiros) de falar inglês com fluência. O hotentote já eu conhecia. Era um dos melhores "farejadores de caça" de toda a África. Ninguém mais rijo nem mais resistente. O seu defeito sério consistia na *bebida*. Mas como íamos para região onde não há "águas ardentes", nem quase águas correntes, pouco importava esta fragilidade do digno Venvogel.

Tínhamos, pois, dois serviçais. O terceiro parecia impossível descortinar. Tentei, tentei, até que resolvemos partir sem ele, esperando encontrar, antes de metermos para o deserto, algum homem aproveitável entre Iniati e Zucanga. Na véspera, porém, da nossa partida estávamos jantando, quando Quiva, o rapaz zulu, veio anunciar que um homem se viera sentar no meu portal, à minha espera. Mandei que entrasse. Apareceu um rapagão muito esbelto, robusto, magnífico, aparentando 30 anos, e claro demais para zulu. Floreou no ar o cajado à maneira de saudação, encruzou-se sobre o soalho, a um canto, e ficou calado com singular dignidade. Não lhe dei logo atenção. Assim se deve proceder com os zulus. Se o branco lhes fala com prontidão e agrado, o zulu conclui imediatamente que está tratando com pessoa *de pouco comando*. Observei, no entanto, que este homem era um *queslha*[1], um *homem-de-anel*, isto é, que trazia na cabeça aquela espécie de rodilha, feita de goma, e toda lustrosa de sebo, que eles entremeiam na grenha e usam quando chegam a uma *idade de respeito* ou atingem nas suas aringas uma posição superior. Também me pareceu reconhecer aquela cara, realmente bela.

– Bem – disse por fim –, como te chamas?

– Umbopa – respondeu o homem numa voz lenta e grave.

– Estou a pensar que já te vi algures.

– Já, Macumazã!

Macumazã é o meu nome cafre, e significa aquele que se levanta pelo meio da noite para vigiar; ou antes, aquele que conserva sempre os olhos bem abertos.

– Macumazã – continuou o zulu – viu-me em Izand-Luana, na véspera da batalha...

---

[1] Quilha. (N.E.)

## AS MINAS DO REI SALOMÃO

Lembrei-me então completamente. Eu fui um dos guias de Lord Chelmsford, na desgraçada guerra com os Zulus. Por acaso, na véspera da batalha de Izand-Luana, que consumou o desastre das tropas inglesas, fui mandando levar para fora do acampamento uns poucos de carrões de bagagens. Quando se estava atrelando o gado, este homem (que comandava um troço de cafres, dos indígenas auxiliares) veio para mim, dizendo que o acampamento não estava seguro, que era certa uma surpresa, e que o vento *trazia cheiro de inimigo*. Respondi-lhe que "dobrasse a língua", e deixasse a segurança do acampamento a melhores cabeças que a dele. Pois grande razão tinha o zulu!

Logo nessa noite o acampamento foi terrivelmente assaltado... Tudo isso, porém, vem na história.

– Que queres tu? – perguntei. – Lembro-me perfeitamente de ti. Diz o que queres.

– Quero isto. Correu aqui voz que Macumazã vai para o Norte, numa grande expedição, com os chefes brancos que vieram de além do mar. É verdadeira a voz?

– Verdadeira.

– Correu aqui também voz que Macumazã e os chefes iam para o lado do rio Lucanga, que fica a um bom quarto de Lua de jornada do distrito de Manica. É verdade?

Franzi o sobrolho, descontente de ver assim tão conhecido o roteiro da nossa expedição.

– Para que queres tu saber? Que tens com isso?

– Tenho isto, ó brancos! Que se ides assim para tão longe, eu quereria ir convosco.

Havia uma altivez nas maneiras deste homem, e especialmente no seu emprego da expressão "ó brancos" e em lugar de "ó incosis" (chefes), que me surpreendeu grandemente.

– Estás esquecendo a quem falas! – repliquei. – As palavras saem-te demasiadas e imprudentes. Como é o teu nome? Onde é a tua aringa? É necessário saber quem temos diante de nós!

– O meu nome é Umbopa. Sou da raça dos Zulus, mas não sou zulu. O sítio da minha tribo é muito longe, para o Norte; os meus ficaram lá

33

quando os Zulus desceram para aqui, há muito, há mais de mil anos, antes de Chaca ser rei. Não tenho aringa. Muitos anos vão que ando errante. Quando vim do Norte era criança. Depois fui dos homens de Cetevaio no regimento de Nomabacosi. Por fim fugi dos Zulus e vim para o Natal para ver as artes dos brancos. Foi então que servi na guerra contra Cetevaio, e que te encontrei, Macumazã! Agora tenho trabalhado no Natal. Mas estou farto, quero ir para o Norte. O meu lugar não é aqui. Não peço soldada, mas sou valente, e valho bem o pão que comer. Eis as palavras que tinha a dizer.

Este homem e a sua grande maneira de falar intrigavam-me singularmente. Era certo para mim que só dissera a verdade; mas na cor, nos modos, diferia muito do zulu ordinário; e a sua oferta de vir conosco sem soldada, extraordinária num africano, enchia-me de desconfiança.

Na dúvida, traduzi as estranhas falas aos meus amigos, solicitei-lhes conselho. O barão pediu-me que mandasse pôr o homem de pé. Umbopa ergueu-se, deixando escorregar ao mesmo tempo o vasto casacão militar que o envolvia, e ficou diante de nós, mudo, ereto, soberbo, todo nu, com um simples pedaço de pano em torno dos rins e um fio de garras de leão enrolado ao pescoço. Era, realmente, um esplêndido homem! Tinha mais de dois metros de altura, e largo em proporção, ágil, admirável de formas. Na luz da sala em que estávamos, a pele parecia apenas muito trigueira, como a de um árabe. Aqui e além, pelo corpo, conservava cicatrizes terríveis de antigos golpes de azagaia.

O barão foi direto a ele, e cravou-lhe os olhos nos olhos, que se não baixaram, e que rebrilharam:

– Gosto de ti, Umbopa – disse em inglês –, e tomo-te ao meu serviço.

Umbopa evidentemente compreendeu, porque murmurou em zulu:

– Está bem.

Depois, atirando um olhar para a grande estatura e força do branco, acrescentou:

– Somos dois homens, tu e eu!

# OS ELEFANTES

Saímos de Durban no fim de janeiro, e andadas quase as trezentas léguas que vão daqui ao sítio em que se juntam os rios Lucanga e Caluque, chegamos, pelos meados de maio, a Iniati, não longe da aringa de Sitanda, onde acampamos.

Durante a jornada tivemos aventuras várias, mas daquelas que são usuais em todas as travessias de África e já muito contadas nos livros. Em Iniati, última estação mercante da terra dos Matabeles, onde Lobengula (esse atroz velhaco!) é rei, separamo-nos, com fundas saudades, do nosso confortável carrão. Dos vinte bois que trouxéramos de Durban, só doze restavam. Um morrera da mordedura da cobra, três da falta de água; um perdeu-se; os outros três comeram uma erva venenosa, chamada "tulipa". Os restantes deixamo-los com o vagão ao cuidado de Goza e de Tom (o boieiro e o guia), pedindo a um digno missionário escocês que habita aquele desterro que caridosamente nos vigiasse o carrão, o gado e os homens. E no dia seguinte, acompanhados por Umbopa, Quiva, Venvogel e meia dúzia de carregadores que arranjamos em Iniati, largamos para o deserto, a pé, em seguimento da nossa temerária aventura.

Era de madrugada; e lembrei-me que no momento de nos pormos em marcha estávamos todos três bem comovidos! Cada um perguntava a si mesmo, decerto, se jamais tornaria a ver o carrão, os bois e o missionário. Eu, por mim, levava a certeza que não. Os primeiros passos foram lentos, dados em grave silêncio. Mas, de repente, Umbopa, que marchava na frente, rompeu num grande canto; uma canção zulu, dizendo de uns homens que, cansados da vida e da monotonia das coisas, se tinham metido ao deserto, para achar ocupação ou morrer, e que, para além dos sertões, subitamente, encontravam um paraíso cheio de raparigas moças, de gado, de caça, de inimigos para matar! Esta canção pareceu-nos de boa promessa.

A quinze dias de marcha de Iniati começamos a atravessar uma região arborizada e farta em águas. As colinas estavam espessamente cobertas de mato que os indígenas chamam "idaro" e por toda a parte se estendiam bosques de machabeles, árvores que dão um fruto amarelo, enorme, quase todo caroço, mas deliciosamente fresco e doce. As folhas e frutos dessas árvores são o alimento querido dos elefantes; e decerto os imensos animais andavam perto, porque a cada passo topávamos arbustos quebrados e desarraigados. O elefante por onde vai comendo, vai assolando.

Uma tarde, depois de uma caminhada fatigante, chegamos a um sítio particularmente pitoresco e de amável repouso. Era junto de um outeiro todo vestido de arvoredo. Ao pé serpeava o leito seco de um rio, conservando aqui e além poças de água cristalina e fria, espezinhadas em redor pelas largas pegadas de feras. Em frente verdejava um belo parque de mimosas, machabeles e outras árvores ainda, raras e cheias de flor; e em torno era o mato, o mato silencioso, denso, impenetrável.

Decidimos ficar ali e construir um *scherm,* a pouca distância de uma das poças de água. O *scherm* é uma espécie de acampamento entrincheirado, que se faz cortando grande quantidade de mato espinhoso e armando-o circularmente numa vasta e rude sebe que forma defesa. Todo o espaço interior se aplaina como uma arena; ao centro amontoa-se erva seca, um capim chamado *tambouki,* que serve de divã e de cama; aqui e além, em volta, acendem-se alegres fogueiras.

Quando acabamos de arranjar o *scherm,* vinha nascendo a Lua. O jantar estava pronto. Bem parco era ele, composto dos tutanos e lombos de uma girafa, que nessa tarde, ao fim da sesta, fora morta pelo capitão John com um tiro providencial. Mas depois de coração de elefante (a mais fina delícia que se pode ter), tutano e lombo de girafa são os petiscos superiores de África, e grandemente os saboreamos sob o esplendor da lua cheia, que ia alta nos céus. Depois acendemos os cachimbos, e conversamos no vasto silêncio em roda do lume. Os meus companheiros não se fartavam de contemplar aquela cena de sertão, familiar para mim, com os meus quarenta anos de África, mas que a eles só oferecia estranhezas; até na maneira por que as claridades alumiam, até na maneira por que a noite é silenciosa. Eu por mim, confesso, admirava sobretudo o nosso excelente capitão John. Ali estava ele, no interior da Terra Negra, em pleno deserto, estirado em cima de um saco de couro, tão apurado, tão correto, tão bem pregado, como se viesse de passear num parque luxuoso de castelo inglês, em dia de caça ao faisão. Tinha um fato completo de cheviote castanho, com chapéu da mesma fazenda, polainas irrepreensíveis, luvas amarelas de pele de cão, a face escanhoada, monóculo no olho, os dentes postiços rebrilhando em glória! Nunca o sertão africano vira decerto um homem mais catita. Até trazia colarinhos altos (colarinhos de guta-percha), de que emalara na mochila uma escandalosa porção, "por serem leves (dizia ele), fáceis de lavar, e dar logo à gente um ar de asseio e distinção".

Pois assim estivemos muito tempo, sob o magnífico luar, conversando e observando os cafres, que chupavam a *dacca* nos seus longos cachimbos feitos de cornos de elande, e que, um por um, se iam enrolando nas mantas e estirando à beira do lume. Só Umbopa por fim ficou acordado, longe dos cafres (a quem geralmente não admitia familiaridades), com o queixo encostado ao punho, os olhos perdidos na Lua, numa daquelas abstrações em que por vezes eu o surpreendera desde o começo da nossa jornada.

De repente, da profundidade do mato, por trás de nós, subiu no ar um longo e rouco rugido. "É um leão!", exclamei. Todos nos erguemos, a escutar. Quase imediatamente, junto à poça de água pura vizinha do nosso *scherm*, ressoou, como em resposta, a estridente trompa de um elefante. "*Uncungunlovo! Uncungunlovo[2]!*", murmuraram à uma os cafres, levantando as cabeças das mantas, e momentos depois avistamos uma fila de enormes e escuras formas, movendo-se devagar da beira da água para o mato. O capitão, com um salto, agarrou a espingarda. Tive de o segurar pelo braço:

– É inútil, não se faz nada. Nada de barulho. Deixá-los ir.

– Em todo o caso – disse o barão excitado –, este sítio para um caçador é um verdadeiro paraíso! Se aqui ficássemos um dia ou dois?...

Estranhei; porque até aí o barão, impaciente, viera-nos sempre apressando para diante, sobretudo desde que soubera em Iniati, pelo missionário, que dois anos antes um inglês, chamado Neville, vendera ali o

---

[2] Elefante! Elefante! (N.E.)

carrão em que viera de Bamanguato e se internara no sertão com um cafre por serviçal. Mas ouvira o leão, ouvira o elefante, e os seus instintos de caçador dominavam, irresistivelmente.

– Pois muito bem, filhos meus – disse eu –, uma vez que se quer um bocado de divertimento, ter-se-á; mas amanhã. Por agora é tratar de dormir, e erguer com o primeiro luzir do dia, para apanhar esse rico gado antes que ele vá aos seus negócios.

Toca pois a acomodar.

O capitão John (extraordinário homem!) tirou o fato, sacudiu-o, meteu o monóculo e os dentes postiços dentro do bolso das calças, dobrou tudo cuidadosamente, guardou tudo ao abrigo do orvalho debaixo do seu *makintosh,* alisou o cabelo, tomou um bochecho de água, e estirou-se de lado para dormir, com correção e conforto. O barão e eu, depois de contemplar, rindo, esses requintes, embrulhamo-nos simplesmente num cobertor, e daí a pouco envolvia-nos aquele sono profundo, absoluto, sem sonhos, sem movimentos, que é a recompensa e a consolação de quem moureja por estas terras negras.

Com o primeiro alvor da madrugada estávamos a pé, preparando para a ação. Tomamos as carabinas, munições abundantes, cantis cheios de chá frio (que é a melhor bebida, a única, quando se caça), e partimos, depois de engolir de pé um almoço breve, acompanhados de Umbopa, de Quiva e de Venvogel.

Não tivemos dificuldade em achar o carreiro aberto e pisado pelos elefantes que, segundo Venvogel declarou, deviam ser uns vinte ou trinta, a maior parte machos e todos crescidos. Mas o bando afastara-se durante a noite; e eram quase nove horas, o calor ardia em céu e terra, quando pelos arbustos quebrados, pelas cascas e folhas de árvores esmagadas, e pelos montes de bosta fumegante, percebemos que os bichos andavam cerca, e seguros. Daí a instantes, efetivamente, avistamos o rebanho todo, uns vinte a trinta elefantes (como Venvogel calculara), parados numa cova de terreno, quietos, tendo decerto acabado o primeiro repasto, e sacudindo com lentidão e majestade as suas imensas orelhas. Era uma vista soberba! Só as há assim na África!

Estávamos separados deles por umas cem jardas. Agarrei um punhado de capim e atirei-o ao ar para tomar a direção do vento; porque, se

## AS MINAS DO REI SALOMÃO

um elefante nos farejasse, bem sabia eu que, antes de podermos pôr as carabinas à cara, o rebanho inteiro abalava. A aragem, se alguma corria, soprava para nós do lado dos bichos; de sorte que rastejamos cuidadosamente através do mato, mudos, sem respirar, até nos aproximarmos umas quarenta jardas mal medidas. Justamente diante de nós, estacionavam três magníficos elefantes machos, um deles com enormes dentes e o ar supremo de um patriarca. Avisei, baixinho, os companheiros que me encarregava do animal do meio; o barão apontou ao mais pequeno, ao da esquerda; o capitão ao "patriarca".

– Agora! – murmurei.

*Bum! bum! bum!* O elefante do barão tombou redondo, varado no coração. O meu caiu pesadamente sobre os joelhos; mas quando pensei que ia desabar para o lado, morto, vi a enorme massa que se erguia e largava galopando por diante de mim. Meti-lhe segunda bala na ilharga, que o abateu. À pressa, com dois cartuchos mais na carabina, corri para ele e findei-lhe misericordiosamente a agonia. Voltei-me então para ver o que se passara com o elefante do capitão, o "patriarca", que eu ouvira por trás de mim bramando de dor e fúria. Encontrei John excitadíssimo. Ao que parece, o elefante rompera contra ele (que meramente teve tempo de se desviar com um salto), e seguira, furioso e sem ver, para a banda do nosso acampamento. O resto do rebanho no entanto, espavorido, rompera para o outro lado, através da espessura.

Durante um momento ficamos indecisos entre seguir o "patriarca" ferido ou o resto da manada. Por fim resolvemos bater atrás do bando. Segui-los era fácil, porque tinham aberto um caminho, mais largo e liso que uma estrada real, esmagando o mato espesso como se fosse relva de primavera. Achá-los, porém, era mais complicado; e tivemos, durante duas infindáveis horas, de marchar sob um Sol faiscante, antes de os avistarmos. Lá estavam todos outra vez muito juntos, exceto um dos machos; e pela inquietação com que se mexiam, pelo constante erguer das trombas desconfiadas, farejando o ar; era claro que esperavam, temiam outro ataque. Um dos machos, afastado, à laia de sentinela, vigiava para o nosso lado, de tromba ameaçadora e alta. Entre ele e nós mediavam umas sessenta jardas. Se este cavalheiro nos pressentisse, dava o sinal e o rebanho abalava, tanto mais facilmente quanto nos achávamos, bichos e homens, em terreno descoberto. De sorte que todos três lhe apontamos, todos três lhe atiramos. *Bum! bum! bum!* Morto! Mas os outros partiram, numa desfilada, como colinas rolando.

Infelizmente, para eles, logo adiante havia um *nullah,* isto é, uma ribeira seca com as bordas abarrancadas do nosso lado e quase a pique do lado fronteiro (sítio parecido àquele em que o príncipe imperial foi morto na Zululândia). Para aí justamente se atiraram os elefantes em tropel. Quando chegamos à borda, demos com eles em medonha confusão, esforçando-se por trepar a outra ribanceira (escarpada e hirta), empurrando-se uns aos outros, num furor e egoísmo verdadeiramente humanos, e atroando os ares de bramidos. A nossa oportunidade era escandalosamente brilhante. Sem outra demora, disparando tão depressa como carregávamos, demos cabo de cinco elefantes; e teríamos dizimado o rebanho inteiro se eles de repente, abandonando a teima estúpida de galgar a ribanceira, não largassem a fugir ao comprido do leito seco que se perdia ao longe na espessura. Estávamos cansados demais para os perseguir, enjoados também desta vasta mortandade. Oito elefantes numa manhã, antes do almoço, é decente.

De sorte que, depois de descansarmos e vermos os cafres cortar os corações a dois dos elefantes para servir à ceia, voltamos vagarosamente os passos para o acampamento, devagar, satisfeitos com a proeza, e calculando o valor do marfim, que no dia seguinte, cedo, os carregadores viriam serrar.

Ao passar no sítio em que o capitão tinha ferido o "patriarca", encontramos um rebanho de elandes. Não lhe atiramos, porque não há nada no elande que valha dinheiro, e mantimentos já trazíamos, deliciosos e abundantes. O bando passou ao nosso lado, ligeiro e trotando; depois, adiante, onde se erguia um tufo de arbustos em flor, parou; e todos a um tempo se voltaram, a olhar para nós, espantados.

O capitão nunca vira um elande. Quis aproveitar a ocasião, deu a carabina a Umbopa, e seguido de Quiva adiantou-se, de monóculo fito, para o tufo de arbustos em flor. O barão e eu sentamo-nos à espera, numa pedra.

O Sol ia justamente descendo, num grande esplendor de vermelho e ouro. O barão e eu contemplávamos, calados, aquela beleza de céu e luz, quando, de repente, ouvimos o bramido de um elefante e vimos, escura sobre a vermelhidão do poente, uma vasta forma avançando a galope, de tromba erguida e cauda espetada. Logo imediatamente vimos outra coisa horrível: o capitão e Quiva, o serviçal zulu, fugindo para nós numa carreira perdida, perseguidos pelo elefante! Era o grande bicho ferido, o "patriarca", que ali ficara errando. Agarramos num ímpeto as carabinas. Mas quê! Fera e homens, correndo para nós, vinham juntos! Se disparássemos, a bala podia varar John ou Quiva... E assim ficamos nesta indecisão, com o coração a tremer, quando o pobre capitão escorregou naqueles infames botins de bezerro com que teimava em trilhar o sertão e caiu, estatelado, de face na terra, diante mesmo do enorme elefante que chegava bramindo!

Fugiu-nos a respiração! O pobre camarada estava perdido! Largamos ainda a correr para ele, desesperadamente. E o desastre veio, com efeito, mas de um modo bem diferente. Quiva, o zulu (valente, heroico rapaz que era!), vendo o amo por terra, voltou-se e arremessou a azagaia a toda a força contra a tromba do elefante. A fera lançou um uivo de dor, arrebatou o desgraçado zulu, bateu com ele no chão, pôs-lhe uma imensa pata sobre as pernas, e, enrodilhando-lhe a tromba no peito, rasgou-o, literalmente o *rasgou em dois*.

Corremos, cheios de horror, fizemos fogo uma vez, outra vez, furiosamente, até que o elefante se abateu como um monte sobre os pedaços sangrentos do zulu. Foi um instante de indizível consternação. Apesar de endurecido por quarenta anos de caça e carnificinas, eu próprio sentia um nó na garganta, e creio que me fiz pálido. O barão tremia todo. E o pobre capitão torcia as mãos, na dor de ver assim despedaçado o servo valente que dera a vida por ele.

Só Umbopa teve a palavra serena que convinha à disciplina. Veio, com os seus passos altivos e leves, contemplar os restos de Quiva, numa poça de sangue, junto à massa enorme do elefante, moveu a mão no ar e disse:

– Morreu. Bem dele, que morreu como um homem!

# A NOSSA ENTRADA NO DESERTO

Tínhamos morto nove elefantes. Dois longos dias levamos a serrar-lhes os dentes e a enterrá-los com cuidado debaixo de uma enorme árvore, que destacava isoladamente na vasta planície e formava um *sinal* inesquecível. Era um esplêndido lote de marfim! Só os dentes do "patriarca" pesavam (tanto quanto pude avaliar) uns cento e setenta arráteis!

O pobre Quiva, esse, sepultamo-lo ao pé da colina, com uma azagaia ao lado, para se defender dos espíritos malignos na sua difícil jornada para o paraíso zulu. Ao romper do terceiro dia levantamos o acampamento; todos nós fazendo votos, no silêncio da nossa alma, para que nos fosse dado voltar um dia! Eu, mentalmente, acrescentava: "Voltar e desenterrar este rico marfim!".

Depois de uma fatigante marcha, cortada desses episódios africanos que todos os africanistas experimentam, chegamos enfim à aringa de Sitanda, ao pé do rio Lucanga. Aí era verdadeiramente o nosso "ponto de partida". Aí começariam as nossas misérias.

Perfeitamente me lembro do sítio, e da nossa chegada. Para a direita descia, tresmalhada, uma pequena povoação de negros, com currais de gado murados de pedra solta, e leiras de terra cultivada ao comprido da água clara. Por trás da aldeia ondulavam grandes pradarias de erva alta, onde a caça abundante esvoaçava. E para a esquerda era o escuro, silencioso, infindável deserto.

O nosso acampamento ficou junto desse riacho alegre, que corria entre arbustos em flor. Defronte erguia-se um outeiro pedregoso. Apenas erguemos as tendas, subi lá com o barão. Era aquele o sítio, aquele o outeiro onde eu vira, havia vinte anos, numa tarde como esta, a figura do pobre Silveira, com o seu grande casacão comprido, aparecer cambaleando, toda escura na vermelhidão do poente. Como então, o globo do Sol, afogueado, descia já rente da terra e os seus raios frechavam, obliquamente, aquele deserto coberto de tojo, sombrio, sem água, sem vida, terrivelmente mudo, que matara o pobre português, que nos ia talvez matar a nós. Ficamos olhando para ele em silêncio. O ar era de uma admirável finura e transparência; e longe, muito ao longe, podíamos distinguir, recortada no horizonte, palidamente azulada e com laivos brancos de neve, a cordilheira de Suliman. Mostrei-a ao meu companheiro:

– A entrada das minas de Salomão lá está... Chegaremos nós lá?

Nesse instante senti alguém por trás de nós respirando: era Umbopa, que trepara também ao cômoro, e considerava o deserto com pensativa gravidade. Vendo que eu reparara nele, deu um passo lento, depois outro mais lento. E dirigindo-se ao barão (a quem parecia ter-se afeiçoado), apontando com a sua grande azagaia para o lado dos montes:

– É para aquela terra além que tu vais, Incubu?

*Incubu* é uma palavra do dialeto zulu que significa "elefante" e que servia, entre os cafres, para designar o nosso chefe. Estranhei a audácia de Umbopa, e perguntei-lhe asperamente que tosca maneira era essa de falar a seu amo... Que o negro dê uma alcunha negra ao patrão, por lhe ser mais facilmente pronunciável que o nome; vá! Que a um como eu, pobre caçador que ganha o seu pão, o negro se dirija sempre pela alcunha negra; vá ainda! Mas que a atire à face de um senhor, de um fidalgo; isso não!

– Fala assim aos teus iguais – gritei eu. – Fala assim aos que contigo comem da mesma gamela!

O zulu teve uma risadinha doce que me enfureceu.

– Que sabes tu – acrescentou ele –, se eu não sou igual ao amo que sirvo? Ele pertence a uma grande casta, pelo olhar se vê logo; mas talvez eu pertença a uma casta maior! Pelo menos sou tão forte como ele, e posso com ele repartir o que tenho no coração. Sê pois a minha boca, ó Macumazã! Dize as minhas palavras ao Incubu, meu amo! E entende-as tu também, porque em mim só há verdade!

Fiquei perfeitamente indignado. Nunca um cafre me falara naquele tremendo tom! Mas, não sei por que, o maldito zulu tinha a arte de me impressionar. Além disso, sentia uma viva curiosidade... De sorte que lhe traduzi as palavras, acrescentando que a criatura me parecia imprudente e ousada.

O barão, porém, homem de excelente paciência, voltou-se sorrindo para o zulu:

– É para as montanhas que vou com efeito, Umbopa! Vou em procura de um homem da minha raça, de um irmão meu, que atravessou este deserto, e que eu suponho estar além!

O zulu moveu lentamente a cabeça:

– Assim é, assim é... Encontrei um homem no caminho que me disse: "Há dois anos que um branco se meteu também ao deserto como nós, levando um só serviçal... Nunca mais voltaram...".

– Quem te disse? – perguntei, vivamente. – Por que te saem só agora essas palavras? Onde te disseram?

Antes de Iniati, um homem que ele encontrara no caminho. Contara-lhe que o branco se parecia com o chefe Incubu, mas tinha a barba escura; e que ia seguido por um caçador bexuana chamado Jim.

– São eles! – exclamei. – Não há dúvida! São eles! Jim conhecia eu bem.

O barão ficou pensativo.

– Se meu irmão tinha decidido atravessar o deserto – murmurou por fim – ou o atravessou, ou morreu. Recuar ou mudar de fito não era da têmpera dele. Ou não vive, ou está para lá das serras.

O zulu, que lhe seguira as palavras com os grandes olhos brilhantes, tornou muito gravemente:

– É uma longa jornada, Incubu.

– Quartelmar, diga-lhe que não há jornada que o homem não possa empreender – replicou o barão (que evidentemente estimava e considerava aquele singular zulu). – Nada há que o homem não possa fazer, nem desertos que não possa atravessar, nem montanhas que não possa subir, se puser nisso alma e vontade. O essencial é contarmos a vida por coisa nenhuma, alegremente prontos a conservá-la ou a perdê-la, segundo Deus ordenar.

Quando o zulu compreendeu, toda a face se lhe iluminou:

– Grandes palavras, meu pai Incubu! Grandes, soberbas palavras que enchem bem a boca de um forte! Que é a vida, na verdade? É a semente da erva que o vento sopra aqui e além. As vezes cai em boa terra e frutifica; outras vezes, na rocha dura, e definha... O homem nasce para morrer. Mais tarde ou mais cedo, que importa? É sempre a morte. Eu por mim irei contigo, Incubu! Irei por montanha e deserto, e ser-te-ei sempre fiel...

Parou. E subitamente rompeu numa dessas rajadas de poesia, frequentes nos zulus, que tanto surpreendem os que pela primeira vez as testemunham, e que, apesar de nevoentas, redundantes e decoradas de geração em geração, mostram que se a raça não é inteligente, é pelo menos imaginativa.

– Que é a vida – exclamava Umbopa, abrindo os braços, naquele tom cantado que os zulus tomam nesses momentos de exaltação. – Que é a vida? Dizei-me, ó brancos, vós que sabeis os segredos deste mundo, e do mundo das estrelas que brilha por cima, e do outro mundo que está para além das estrelas! Dizei-me, ó brancos, dizei-me o segredo da vida! De onde vem ela, para onde vai?... Não podeis, não sabeis! Escutai então! Nós saímos da treva, e para a treva marchamos. Como um pássaro acossado pela tormenta, nós saímos do fundo da escuridão; durante um momento passamos, e as asas brilham-nos à luz das fogueiras; depois, de novo e para sempre, mergulhamos na treva! A vida é o pirilampo que fulgura de noite e de dia é negro! É o hálito dos rebanhos no ar de inverno! É a sombra que corre sobre a relva, e que desaparece ao poente!...

Calara-se, com os braços ainda abertos, o olhar perdido nas alturas.

– És um homem bem singular, Umbopa! – exclamou o barão, que o escutara assombrado.

O outro pareceu acordar, sorriu:

– Creio que nos assemelhamos, Incubu. Talvez eu também vá procurando um irmão entre as gentes que estão para lá das montanhas.

Olhei para Umbopa, com o sobrolho franzido.

– Que gentes? Que sabes tu das gentes que vivem para lá das montanhas?

– Pouco, Macumazã, muito pouco. Há para além uma terra de feitiços, de jardins, de gente valente... Há também uma grande estrada branca, toda de pedra. Assim ouvi. Mas de que vale dizer? Quem lá chegar, lá verá!

Aquele homem, evidentemente, sabia alguma coisa que não queria revelar. Ele decerto percebeu a minha desconfiança porque acudiu, espalmando as mãos:

– Não te arreceies, Macumazã! Não te arreceies! Não abro covas, para que tu caias dentro. Se chegarmos a atravessar o deserto, eu te contarei o que sei. Mas a morte está lá com uma lança, à nossa espera. Melhor te fora, Macumazã, voltar aos teus elefantes... Falei o que tinha a falar.

E meneando a azagaia à maneira de saudação, desceu o cômoro, recolheu ao acampamento, onde daí a instantes o encontramos limpando uma carabina, atento, calado, como qualquer servo cafre vazio de pensamento e vontade.

– Homem extraordinário! – murmurou o barão.

– Extraordinário demais! Não gosto nada daqueles mistérios... Mas, enfim, nós estamos metidos numa aventura fantástica, e um zulu misterioso de mais ou de menos não tira nem põe.

Na manhã seguinte começamos os preparativos para a marcha. Era impossível naturalmente levar conosco, através do deserto, todo o pesado armamento, e as cantinas. Fomos portanto forçados (depois de abandonar os carregadores) a confiar tudo a um velho cafre, um atroz sacripanta, que possuía ali uma aringa considerável. Bem penoso me era abandonar as nossas magníficas armas à mercê daquele velho malandro, cujos olhos se fixavam já nos nossos bens com um fulgor de cobiça e rapina. Tomei por isso as minhas precauções.

Comecei por carregar as espingardas. Depois declarei ao bandido, num tom cavo, que aqueles canos estavam enfeitiçados e que se ele lhes tocasse "ali" (mostrei o gatilho) os demônios fugiriam de dentro despedindo um *raio*! Imediatamente (como eu calculara) o cafre puxou o gatilho a uma carabina *Express*. E o *raio* partiu. Partiu, com tanta felicidade, que matou uma vaca que pastava pacificamente a distância, à beira de água, e atirou o velho de pernas ao ar, com a inesperada força do recuo. O pavor do malandro foi indizível. Tremia todo, dava pulos em volta da vaca morta (que depois, mais tranquilo e com toda a impudência, queria que lha pagasse), olhava para o céu, olhava para o chão... Por fim rompeu aos berros:

– Tirem esses demônios que estoiram! Ponham-nos lá em cima, sobre o colmo!... Ai, que não fica vivo nenhum de nós!

Apenas ele serenou, continuei a minha prédica. Afirmei-lhe, com olhares esgazeados, que, se ao voltarmos, uma só arma daquelas faltasse, eu, que possuía as artes dos brancos, o mataria a ele e a toda a sua gente por meio de bruxarias sangrentas; e que se nós morrêssemos e ele tentasse apoderar-se do que era nosso, eu voltaria em espírito persegui-lo, puxar-lhe de noite pelos pés, tornar-lhe o gado bravo, dessorar-lhe o leite fresco, secar-lhe a semente da terra e fazer a vida na aringa tão dura e terrível que seus próprios filhos o amaldiçoariam... Enfim, dei-lhe uma ideia razoável do Inferno, como horrores inéditos. O velho malandro, espavorido, jurou que olharia pelas nossas armas como se fossem os ossos de seu pai! Era um patife infinitamente supersticioso.

Em seguida combinamos o que nós cinco, o barão, o capitão John, eu, Umbopa e Venvogel, devíamos levar conosco através do deserto. Muito calculamos, muito experimentamos. Não logramos chegar a um peso menor de quarenta arráteis por homem. E havia escassamente o necessário! Eis aqui o que conduzíamos:

Cinco espingardas, com a competente munição (quatrocentas cargas).

Três revólveres.

Cinco cantis de água, de cinco quartilhos cada um.

Cinco mantas.

Vinte e cinco arráteis de *biltong*, que é uma espécie de carne-seca.

Dez arráteis de contas de vidro para presentes aos indígenas.

Navalhas, fósforos, um compasso, um filtro de algibeira, uma enxó, uma garrafa de conhaque, tabaco e os fatos que tínhamos no corpo.

Era tudo; e era pouco, como necessidade e conforto, numa semelhante empresa! Ainda assim peso considerável para cinco homens acarretarem, por um Sol terrível, através de um deserto estéril!

Depois, com imensas dificuldades, persuadimos três negros da aldeola a acompanharem-nos durante vinte milhas, levando cada um às costas uma larga cabaça de água fresca. O meu fim era podermos encher de novo os cantis, depois da primeira noite de marcha (porque decidíramos partir na frescura da noite). Os negros, a quem eu contara que íamos caçar o avestruz, não acreditaram; tinham por certo que morreríamos de sede e de fome no grande sertão; eles próprios temiam a morte e os demônios que vagam no deserto; e só consentiram em nos seguir a troco de três facas de mato e de uma manta vermelha.

Durante todo esse dia descansamos e dormimos. Ao pôr do sol celebramos um grandioso jantar, de caça, de carne fresca e de chá; "o último chá", observou John com melancolia, "que naturalmente beberíamos por longos meses".

Depois, apetrechadas as mochilas, esperamos que nascesse a Lua. Perto das nove horas subiu ela, em toda a sua serena e pensativa glória, inundando de luz branca e vaga todo o imenso deserto, que parecia tão mudo, solene, impenetrável e virgem de pegadas humanas como o claro firmamento que por cima resplandecia. Com a Lua que se erguia nos erguemos nós também. Tudo estava pronto, os negros de cajado na mão; e todavia, hesitávamos ainda, como o fraco homem hesita sempre perante o irrevogável. Lembro-me bem. Adiante de nós alguns passos, Umbopa, de azagaia na mão, com a carabina a tiracolo, olhava fixamente para o deserto; atrás de nós, num grupo, Venvogel, com os três negros que levavam as cabaças de água, esperavam, direitos e mudos; e nós três, os homens brancos, muito juntos, sentíamos bater forte o coração.

De repente, o barão tirou devagar o chapéu. E com profunda emoção:

– Amigos, vamos começar uma das mais estranhas jornadas que homens têm ousado tentar. O que será de nós, não sei; mas, para bem ou para mal, juntos estamos, juntos nos encontraremos sempre! E agora, antes de partir, ergamos o pensamento para Aquele que tudo pode!

Escondeu a face entre as mãos, ficou imóvel. O capitão John e eu baixamos também a cabeça, com reverência, com humildade. Eu, por mim, confesso, nunca fui homem de orações. Caçadores de elefantes, na dura vida de África, raro se lembram de falar a Deus. Em todo o caso, naquele momento, rezei. Rezei com fervor; e senti-me depois mais alegre e mais leve. Creio que o capitão (religioso no fundo, apesar de praguejar medonhamente) também rezou. O barão, esse, era homem de piedade e crença... Quando destapou o rosto, olhou em redor, ergueu o braço e com um belo ar de resolução e de esperança:

## AS MINAS DO REI SALOMÃO

– Pronto?... Larga!

Os bordões ressoaram na terra dura, e largamos.

Para nos guiar no deserto tínhamos apenas as distantes montanhas de Suliman e o roteiro que o velho D. José da Silveira traçara no pedaço de camisa. Cada um de nós trazia na algibeira uma cópia desse mapa rude. Mas, considerando que essas linhas tinham sido riscadas por um homem meio morto, há trezentos anos, era bem certa a sua utilidade? A nossa salvação, naquela jornada, seria encontrar a lagoa, ou poça de água salobra que o velho fidalgo português marcara a meio caminho entre a aldeia de onde partíramos e as serras de Suliman. Se a não achássemos, tínhamos certa a morte, uma morte terrível, a morte pela sede. E, para mim, a probabilidade de descobrir uma lagoa de três ou quatro metros naquela vastidão de areia e tojo, parecia-me mínima, infinitésima. Mesmo supondo que o português a marcara com exatidão, quem nos afiançava que, nesses trezentos anos, ela não secara ou não fora coberta pelas areias movediças?

Era nisso que eu pensava enquanto silenciosamente, como sombras, íamos marchando sob o luar silencioso. O caminho não era fácil; o tojo denso e espinhoso retardava-nos o passo; a areia metia-se nos sapatos, e cada meia hora devíamos parar para os esvaziar; e, apesar de a noite não estar quente, havia alguma coisa de pesado e de espesso, que amolentava. Mas o que sobretudo nos oprimia era a solidão, o silêncio; o infinito, terrível silêncio. John ainda tentou assobiar uma cantiga galante de bordo. Mas a toada jovial, o estribilho de "Teus doces olhos", parecia lúgubre naquela severa imensidade. O engraçado homem emudeceu. E seguimos numa fila muda através do mato mudo.

Perto da meia-noite, sobreveio uma aventura que nos assustou e depois nos divertiu imensamente. John, como marinheiro, levava a bússola, e marchava adiante, guiando. De repente ouvimos um berro; John desapareceu! Ao mesmo tempo rompia, em torno de nós, uma balbúrdia medonha de roncos, bufos, grunhidos, sons de patas fugindo, e vimos formas, como garupas, galopando através do tojo, entre rolos de areia. Os negros atiraram-se ao chão, gritando que eram "demônios acordados"! Eu próprio e o barão ficamos surpresos, e o nosso assombro cresceu quando avistamos John, aparentemente montado num potro, fugindo aos galões para o lado dos montes, e ganindo como um desesperado. Um momento mais, e vimo-lo sacudir os braços no ar, e de novo desaparecer, no mato baixo, com um baque tremendo. Corremos para ele e percebemos o caso estranho; tínhamos ido cair no meio de um rebanho de zebras adormecidas; John estatelara-se exatamente sobre as costas de uma enorme; e o bicho, pulando espavorido, abalara com o nosso amigo nas ancas. Felizmente não se magoara no tombo final; fomos dar com ele sentado na areia, de monóculo firmemente cravado no olho, aturdido, indignado, mas intacto de pele e osso.

Depois disso marchamos sossegadamente até perto das duas horas da noite. Fizemos então uma paragem, bebemos uns goles de água (não muitos, nem largos, porque a água passava a ser preciosa) e ao fim de trinta minutos de descanso recomeçamos a caminhar para diante, para diante sempre, até que o nascente se tingiu de laivos de rosa. Vimos as estrelas desmaiar, vivas barras alaranjadas alongarem-se ao rés do horizonte, a Lua declinar mais lívida que um círio, longos raios de luz varar e colorir de fogos os nevoeiros, todo o deserto cobrir-se de uma trêmula refração de ouro, e ser dia!

Não paramos, apesar de já cansados, pela certeza de que bem cedo o Sol, nado e alto, nos impediria de dar um passo único, sob o seu tórrido esplendor. Com efeito, às seis horas já ardia! Por felicidade avistamos então na planície um montão de rochas. Para lá nos arrastamos, exaustos. E por felicidade maior, uma enorme lasca de pedra, pousada sobre grossos blocos, fazia como um telheiro, cuja sombra caía sobre um pedaço de areia fina. Abrigo providencial! Ali nos aninhamos; e, depois de beber alguns goles de água bem contados e de comer uma lasca de *biltong*, adormecemos deliciosamente.

Às três horas acordamos. Os carregadores que tinham trazido as cabaças já se preparavam para voltar à sua aringa. De sorte que absorvemos uma farta tarraçada de água, enchemos de novo os cantis, e distribuímos pelos homens as facas de mato prometidas. Daí a instantes vimo-los (não sem uma vaga melancolia) voltar costas ao deserto e romper a marcha para o lado da sua aldeia, para o lado da frescura e da água!

As Minas do Rei Salomão

Às quatro e meia metemos de novo a caminho. A cada passo, tudo de redor se parecia alargar em silêncio e desolação. Ao princípio ainda avistamos, aqui e além, entre o mato, um avestruz. Depois, nem mesmo répteis topávamos na planície arenosa. A nossa única companhia era a mosca, a mosca ordinária e caseira... Digno e venerável animal! Em qualquer lugar em que o homem penetre, deserto, montanha, caverna, a mosca lá está. Foi este decerto o primeiro dos seres vivos que surgiu sobre a Terra. Já havia moscas para pousar no nariz de Adão. O derradeiro homem há de morrer com uma mosca a zumbir-lhe em torno da face. E talvez haja moscas no Paraíso.

Ao sol-posto paramos, esperando que nascesse a Lua. Mais bela e serena que nunca surgiu ela às dez horas; e toda a noite, sob o seu calmo e pensativo brilho, na mudez da vastidão, caminhamos, caminhamos... O Sol nado pôs um termo à valente marcha. Sorvemos por conta uns goles de água dos cantis, atiramo-nos para cima da areia, e ali nos tomou o sono a todos quatro simultaneamente. Não havia necessidade que um velasse. Nada tínhamos a recear, nem de homem nem de fera, naquela imensidade despovoada. Desta vez, porém, nenhuma rocha nos abrigava e às sete horas acordamos sob o Sol faiscante, com a sensação de que deve experimentar um bife de lombo achatado sobre a grelha. Estávamos sendo *fritos!* O Sol por cima, a areia por baixo, secavam-nos o sangue nas veias. Todos nos erguemos, de salto, quase sem respiração.

– Santo Deus! – murmurou o barão, sacudindo os enxames de moscas.

– Pode-se chamar a isto calor! – gemeu do lado o capitão, que arquejava.

Podia chamar, na verdade. E eram apenas sete horas! Em toda a vasta extensão nem um abrigo! Só mato rasteiro e por cima uma vibração radiante, tão viva e intensa que víamos tremer o ar.

– Que se há de fazer? – exclamou o barão. – É impossível aguentar isto! Olhamos uns para os outros, estupidamente.

– Se abríssemos uma cova? – Lembrou John. – Podíamos meter-nos dentro e cobrir-nos com tojo...

Era uma ideia. Não brilhante! Mas era a única, de modo que, já com a enxó, já com as mãos, passamos a abrir uma cova do tamanho aproximado de uma larga cama. Cortamos uma porção de mato; e ali nos sepulta-mos, colados como sardinhas numa caixa, todos quatro, o barão, John, eu e Umbopa, porque Venvogel, como hotentote, não sentia os ardores do Sol. Foi ele que nos cobriu de mato. Realmente, assim, estávamos ao abrigo dos raios perpendiculares do Sol, mas que pavorosa ardência a daquela fossa, em que cada torrão, junto do corpo, era como uma brasa viva! Não compreendo como nos desenterramos vivos. Dormir, impossível! Jazíamos estendidos, hirtos, sem ter já que suar, quase curtidos, arquejando ansiosamente. Só possuíamos o consolo de umedecer, de vez em quando, os beiços com uma gota de água muito medida! Esta avara medição da água era o tormento maior. A cada instante necessitávamos recalcar a furiosa tentação de sorver de um só trago os quatro cantis. Mas quê! Se a água faltasse, breve viria a morte!

Tudo tem um fim neste mundo, diz a sabedoria oriental, contando que se possa esperar. Esperamos; a horrível, interminável manhã passou; e pelas três horas preferimos encontrar a morte, andando (se a morte tinha de vir) a ser por ela lentamente envolvidos naquele infame buraco.

Reconfortamo-nos com um curto sorvo à nossa água, que diminuía terrivelmente, e subira já à temperatura do sangue. E com um esforço rompemos de novo através da planície flamejante.

Tínhamos transposto umas dezessete léguas de ermo. Ora no roteiro do velho D. José da Silveira, a total extensão do deserto estava fixada em quarenta léguas; e a famosa poça de água salobra vinha marcada a meio do deserto. A esse tempo, portanto, devíamos estar a umas três léguas da água, se a água existia! Em toda a tarde, porém, fizemos pouco mais de uma milha por hora. Ao pôr do sol paramos à espera da Lua. Deixei-me cair para o chão, como um morto, cerrei os olhos. Mas daí a um instante Umbopa fez-me erguer e notar, à distância de oito ou nove milhas, uma espécie de outeiro redondo e liso que se erguia, de maneira abrupta, na planície rasa.

Não parecia uma elevação natural de terreno, na sua semelhança estranha com uma metade de laranja. Quando me tornei a deitar adormeci logo, murmurando: "Que será?...". Ao romper da Lua de novo partimos, já alquebrados de cansaço e de sede. O andar franco e firme acabara para nós. Era agora um arrastar de passos quase cambaleante, com paragens bruscas de meia em meia hora, em que caíamos para cima da areia, sem força, de coração desmaiado. Nem ânimo nos restava para conversar. Até aí ainda gracejávamos, heroicamente. John sobretudo; jovial camarada! Mas agora! Nem voz tínhamos para gemer!

Finalmente, perto das duas horas, vencidos de corpo e de alma, chegamos ao pé do cômoro estranho. Era uma espécie de duna de areia, escura, lisa, atarracada, da altura de uns trinta metros, e cobrindo na base duas jeiras de terreno. Paramos. E desesperados com a sede, sorvemos o resto da água. Tínhamos meio quartilho por boca! Podíamos ter emborcado um almude!

Cada um em silêncio se estendeu para dormir. Eu fechava os olhos, resvalava já docemente no esquecimento e no sonho, quando ouvi Umbopa ao meu lado murmurar para si próprio em zulu:

– O que é a vida! Se amanhã não achamos água, a Lua, ao nascer, encontra aqui quatro mortos... Vida, sombra que passa! Vida, murmúrio que finda!

Apesar do calor senti um arrepio. Pois tanta era a fadiga, que confortado por esta probabilidade (uma agonia de sede num deserto de areia) adormeci profundamente.

Eram quatro da manhã quando acordei. E, bruscamente, entrou comigo a tortura da sede.

Estivera todo o tempo sonhando que passeava à beira de um regato de água, muito puro e muito frio, bordado de relvas e de grandes árvores de frutas... Quando me ergui, esfreguei a face com ambas as mãos; mãos e faces pareceram-me mais secas e duras do que couro; e as pálpebras e os beiços estavam tão pegados, tão colados, que tive de os descerrar à força com os dedos, como se os unisse uma cola forte. A madrugada ainda vinha longe; mas não reinava no ar a natural frescura matutina, antes uma espessura mole e morna intoleravelmente pesada. Os outros dormiam... Fiquei calado, olhando em redor a desolada solidão. E pouco a pouco comecei a sentir de novo, junto de mim, o murmúrio fresco do regato que corria, o ramalhar da verdura, pios de aves, e toda uma sensação de paz, de sombra, de abundância, que me fazia sorrir sozinho num imenso contentamento... Ao mesmo tempo tinha a certeza do deserto e da aridez que me envolvia. Creio na verdade que delirei!

Voltei a mim, quando os outros em redor se começaram a mexer, erguendo-se devagar sobre o cotovelo, esfregando como eu as faces ressequidas, separando à força, como eu, os lábios sem saliva e mirrados. Já rompia a claridade. Apenas acordados todos, e conscientes, começamos a falar da nossa situação, que era sombriamente desesperada. Não nos restava uma gota de água! Voltamos os cantis para baixo, chupamos-lhes os gargalos. Mais secos que ossos! O capitão John, que guardara a garrafa de conhaque, sacou-a da mochila, consultou-nos com um sedento olhar. Mas o barão arrancou-lha das mãos. Beber álcool, naquele estado?... Era a morte.

– Mortos estamos nós – murmurou o capitão encolhendo os ombros – se daqui à noite não achamos água!

– Se o roteiro do português estivesse exato – disse eu suspirando –, a poça de água devia aparecer por aqui algures... Foi nesta altura exatamente que ele a achou...

Os outros nem responderam. Realmente, nenhum de nós tinha já confiança no roteiro do velho fidalgo. Mesmo que a poça existisse, como encontrar nessa imensidão o sítio exato e preciso onde ela estaria, mais pequena e perdida do que uma moeda de prata numa praia de areia? Só por um bambúrrio! Ou só se ela jazesse junto de acidente do terreno, que pela sua especial saliência, na vasta planície, inevitavelmente atraísse os olhares e os passos.

A claridade ia crescendo; e quando assim estávamos, lançando conjecturas, nesta terrível ansiedade, reparei que o nosso hotentote Venvogel andava a distância, com os olhos no chão, lentamente, como quem procura um rasto... De repente parou, soltou um grito, com o braço espetado para a terra.

– Que é? – exclamamos todos. E corremos alvoroçadamente.

– Pegadas de corço! – bradou ele em triunfo, apontando para o chão.

– E então?

– Corços nunca andam longe de água!

– É verdade! – gritei eu. – E louvado por isso seja Deus!

Foi como se renascêssemos à vida. Não era ainda a água, mas a esperança dela, para breve! E numa crise aflitiva como a nossa, uma esperança, por mais vaga e tênue, vale sobretudo pela coragem de que enche logo a alma. Venvogel, no entanto, começara a andar em redor, com o nariz erguido (o seu largo nariz mais chato que o de um buldogue), sorvendo o ar quente, farejando.

– Cheiro água! – dizia ele. – Cheiro água!

E nós todos atrás dele, farejando também, quase *já víamos* a água, sabendo bem que estes hotentotes, como todos os selvagens, possuem um faro maravilhoso. Mas nesse instante, os grandes raios do Sol que nasciam bateram-nos o rosto. E olhando, descobrimos uma tão grandiosa paisagem, que por um momento esquecemos a água e os tormentos da sede! Diante de nós, a umas dez ou doze léguas, rebrilhando como prata nos primeiros raios do dia, erguiam-se os dois enormes montes que o português chamara os "Seios de Sabá"; e de cada lado deles, estendendo-se sem-fim, durante centenas de milhas, a vasta cordilheira de Suliman! Não é possível transmitir, no verbo humano, a incomparável grandeza e beleza daquele quadro de montanha!

Ali estavam as duas enormes serras que não tem iguais na África, nem creio que no resto do mundo, medindo pelo menos mais de quinze mil pés de altura, emergindo da cordilheira infinita, brancas, mudas, de portentosa solenidade, enchendo o céu até acima das nuvens. E o que esmagava a alma era a assombrosa estrutura. A cordilheira estendia-se como um muro disforme de granito, da altura de mil pés; as duas serras formavam como os dois torreões de uma porta, perdidos nas profundidades; a parte da serra que separava os dois montes, sendo talhada a pique, lisa e rigorosamente horizontal no alto, reproduzia a configuração de uma porta prodigiosa, e o aspecto todo era como o de uma muralha cercando uma cidade fabulosa de sonho ou de lenda!

Bem justamente chamara o velho fidalgo português aos dois montes "Seios de Sabá"! Tinham, com efeito, a forma perfeita de dois peitos de mulher: as suas vastas faldas iam subindo da planície, numa curva doce e túmida, parecendo àquela distância formosamente redondas e lisas; e no cimo de cada uma, um imenso outeiro sobreposto, todo coberto de neve, semelhava exatissimamente a ponta, o bico de um peito.

Prodigiosa estrutura! Se a Terra, como pretendia a antiga mitologia, é uma mulher, a enorme Cibele, aí estavam decerto os seus peitos ubérrimos! Mas à minha imaginação (nunca muito inventiva, mas perturbada e excitada nesse momento pela fraqueza) aquilo tudo se afigurava uma muralha estupenda, cercando e defendendo uma região de infinito mistério; e a cada instante me parecia que a porta de granito ia rolar, abrir-se com fragor, e desvendar algum segredo secular; o segredo talvez da Terra de África! E o mais extraordinário foi que, enquanto assim contemplávamos assombrados, começaram a subir, a aglomerar-se em torno aos dois montes, lentas e estranhas névoas e nuvens, como para esconder aos nossos olhos mortais a majestade daquele ádito, que uma vontade divina nos deixara por um momento entrever. Daí a pouco, os Seios de Sabá estavam envolvidos de todo, sob o místico véu através do qual só podíamos distinguir agora as suas linhas, formidavelmente espectrais!... Depois, mais tarde, descobrimos que esses montes, em tudo singulares, estavam ordinariamente velados por esta curiosa névoa, como por uma cortina de sacrário. Só a certas horas, ao romper do Sol, a cortina se descerrava, como numa celebração, desvendando aos homens a maravilha sem par.

Passada a violenta surpresa, de novo nos consideramos com a mesma ansiosa interrogação: "Que fazer?". Venvogel insistia, convencido, que lhe *cheirava a água,* mas debalde buscávamos, trilhávamos o terreno em redor, esquadrinhávamos através do mato. Nada! Só a areia ondulando, com manchas de matagal. Demos a volta toda ao singular outeiro onde paráramos de noite. Avançamos para os lados, em todas as direções do vento, com atentos e lentos passos, e olhos sôfregos que furavam a terra. Nada! Nenhum vestígio de uma nascente, de uma poça, de um charco. Só areia, árido tojo.

– Idiota! – gritei eu, desesperado com o hotentote. – Não há, nunca houve aqui água!

Naquela áspera, árida imensidade não parecia, com efeito, haver possibilidade, nem sequer verossimilhança de água... E quanto tempo de resto poderia durar ali uma "poça salobra", como a que encontrara o velho fidalgo, sem ser chupada pelo Sol ardente ou atulhada pelas areias move-diças?

No entanto Venvogel, o hotentote, continuava a farejar, com as ventas erguidas e abertas:

– Eu sinto o *cheiro* de água, patrão. Sinto-a no ar!

– No ar não duvido. Há água que farte nas nuvens! Também não duvi-do que venha a cair. Mas há de ser para nos lavar os esqueletos!

O barão, no entanto, cofiava a barba pensativamente.

– E todavia – murmurava ele –, por aqui a encontrou o velho portu-guês! O sítio é este. Foi aqui, em volta. A meio caminho exato, na linha direita de Norte a Sul, da aringa de Sitanda às serras. É aqui. Aqui esteve água!

Sim, mas há trezentos anos! Em três séculos muita água brota e seca! Quem nos afiançava de resto a exatidão do português, esvaído de fome, meio delirando, no começo da sua agonia! Já não era pequena estranheza que ele a tivesse encontrado nesta deserta imensidade, justamente quando dela lhe dependia a vida!... A não ser que para ela fosse atraído insensi-velmente e naturalmente por algum acidente de terreno, muito saliente e muito visível de longe, como um bosque, uma colina... Uma colina!

E quando eu assim pensava, eis que o barão gritou, como ecoando o meu pensamento:

– No alto da colina! Talvez a água esteja no alto da colina!

– Tolice! – acudiu o capitão encolhendo os ombros. – Água no topo de uma colina! Onde se viu isso?

– Procuremos! – disse eu, com um bater de coração que era todo de esperança.

Trepamos ansiosamente pelo outeiro. Umbopa corria adiante. De re-pente estacou, com os braços no ar:

– *Nanzie manzie*[3]!

Pulamos para junto dele e, com efeito, mesmo no topo da colina, numa cova redonda como uma taça, lá estava água, água escura, lôbrega, mas água! Água! Água!

---

[3] Água aqui! (N.E.)

Gritávamos de puro gozo. E num momento, estirados de barriga no chão, com as faces na poça, sorvíamos deliciosamente, a grandes e rápidos sorvos, aquele líquido desapetitoso, que tão bem imitava água. Céus! O que bebemos! E mal findamos de beber, arrancamos o fato, saltamos para o charco, e, sentados nele, ficamos horas a embeber-nos de frescura através da pele, da nossa pobre pele mais dura e mais seca que um pergaminho secular. Quando nos erguemos, refrigerados e saciados, caímos sobre a carne-seca. Comemos a fartar. Uma longa cachimbada por cima completou aquela hora de consolação. E o sono que nos tomou até ao meio-dia, deitados junto da poça e da sua umidade, foi muito profundo e bendito!

Todo aquele dia tardamos junto da água bebendo dela, mergulhando nela, olhando para ela e dando louvores sem conta ao velho fidalgo, que tão exatamente a marcara no mapa. Por fim, tendo enchido de água os estômagos e os cantis, continuamos a marcha, mais animados e ágeis, ao erguer da lua cheia. Fizemos vinte e cinco milhas nessa noite. Não tornamos a encontrar água. Mas seguíamos confiados, com a certeza de a achar, abundante e fresca, nas faldas das serras. Quando o Sol se ergueu e desfez as névoas, avistamos de novo a cordilheira e os dois Seios de Sabá (agora afastados de nós apenas vinte milhas), tomando o céu com a sua majestade sublime. Essas vinte milhas cobrimo-las durante toda a noite. E ao outro alvorecer pisamos enfim as primeiras ladeiras do seio esquerdo de Sabá!

Com amargo espanto não encontramos água e a nossa já ia findando! Não havia agora esperança de topar nascentes antes de chegarmos à linha de neve, que branquejava lá longe, no alto da serra; e já a sede nos começava outra vez a torturar. Desconsoladamente, fomos arrastando os passos por sobre o tórrido chão de lava que formava a base do monte. Caminhada atroz! Pelas onze horas da manhã, apesar de curtos repousos, estávamos exaustos por causa sobretudo dos ladrilhos de lava, ásperos e rugosos, que nos magoavam horrivelmente os pés. De sorte que, descobrindo a umas trezentas jardas acima grossos pedregulhos de lava, decidimos descansar umas fartas horas à sua sombra providencial. Para lá nos empurramos, por lá nos abrigamos. E não foi pequena surpresa (se ainda nos restava

As Minas do Rei Salomão

a faculdade de experimentar surpresa!) avistar a pequena distância, num planalto formando terraço sobre um barranco, uma extensa e fresca tira de verduras. Evidentemente a lava, decompondo-se, formara ali um chão de terra, onde as sementes trazidas por pássaros tinham alastrado e verdejado... Demos, porém, pouca atenção a essas ervagens, porque não havia lá nem fruto nem água, e de relva só Nabucodonosor se conseguiu alimentar. Ali ficamos, pois, estirados à sombra dos pedregulhos, sem força no corpo e sem esperança na alma, pensando que nunca homens de senso se tinham arriscado a mais estéril, mais absurda aventura! Umbopa, no entanto, depois de considerar algum tempo em silêncio a leira de verduras, caminhara para lá lentamente. E qual não foi o meu assombro ao ver aquele indivíduo, ordinariamente tão composto e grave, romper em pulos frenéticos, brandindo na mão o quer que fosse de verde! Arremetemos para ele, na esperança ansiosa de água descoberta.

– É água, Umbopa? – gritava eu pulando por sobre a lava.

– Água e sustento, Macumazã! – exclamava ele agitando no ar a coisa verde, com efusivo triunfo.

Percebi enfim o que era. Era um melão! Tínhamos dado num meloal, um enorme meloal bravo, com milhares de melões, a cair de maduros!

– Melões! – uivei eu para os companheiros que corriam atrás.

– Melões! Melões! – Foi o berro vitorioso que ressoou nas quebradas.

Num momento, cada um de nós tinha os dentes cravados num melão, sofregamente. Comemos ali, entre todos, uns trinta melões; e apesar de medíocres, creio que nunca nada na vida me soube tão deliciosamente. Mas o melão não alimenta, e refrescada a sede não tardou a fome, mais intensa e aguda. Conservávamos ainda o *biltong,* a carne-seca; mas já nos enjoava atrozmente; e além disso devíamos poupá-la com avaro cuidado, pela incerteza de encontrar outras provisões na longa ascensão da serra.

Nesse dia, porém, estávamos "em sorte, decididamente", como disse John. Lançando os olhos para o deserto, enquanto conversávamos sobre esta terrível evidência, a *fome,* vi de repente uns oito ou dez grandes pássaros voando em direção a nós, lentamente.

– Atire, patrão, atire! – exclamou baixo o nosso servo hotentote, acaçapando-se imediatamente no chão.

Os outros agacharam-se também, para que, confundidos com a cor da lava, não fôssemos avistados pelos pássaros. Era um bando de enormes abetardas, que, no seu voo direito e alto, deviam passar a umas cinquenta jardas por cima das nossas cabeças. Tomei uma carabina *Winchester,* e esperei acocorado. Quando o bando vinha perto, ergui-me, com um grito e um salto. Assustados, os pássaros juntaram-se todos precipitadamente em montão; e atirando à massa escura, pude facilmente abater um soberbo bicho, que pesava pelo menos vinte arráteis. Dentro de meia hora ardia uma fogueira de talos secos de melão, e o bicho alourava em cima. Foi um banquete! Comemos aquela abetarda toda, fora carcaça e bico!

Nessa noite continuamos a ascensão do monte, à luz da Lua, carregados de melões para a sede. A maneira que subíamos, o ar esfriava consoladoramente. Ao clarear do dia estávamos a umas doze milhas da linha de neve. Encontramos mais melões; e a água enfim, louvado Deus, já não nos inquietava, porque bem cedo penetraríamos nas regiões do gelo. No entanto, era imenso o nosso pasmo de não encontrar nascentes, quedas de água, um riacho corrente; porque no verão as neves, derretendo, deviam encher de água aquelas encostas. Por onde corria a água, pois, para onde se sumia a água? Só mais tarde descobrimos que (por uma causa ainda hoje para mim incompreensível) toda a água, em riacho ou em queda, descia pela vertente Norte da serra.

A subida cada vez se tornava mais áspera e custosa. Apenas fazíamos uma milha por hora. A carne-seca acabara. Melões, nenhuns mais encontramos. O frio aumentava quase a cada passada, o que nos permitia certamente caminhar de dia, mas nos regelava de noite, terrivelmente! Havia agora muitas horas que não comíamos. A serra subia, subia diante de nós, cada vez mais desolada, mais nua de verdura ou vida. Os nossos momentos de repouso passavam num silêncio sombrio e cheio de desesperança. Eu, por mim, ia já tão debilitado e confuso que, desses três dias que nos levou a ascensão da serra, não me recordo com bastante nitidez, e só poderia reconstruí-los pelos apontamentos do meu *Diário*. Na nota com data de 22 de maio encontro isto: "Partimos ao nascer do sol. Vamos meio desmaiados de fraqueza. Só quatro milhas andadas. Comemos os pedaços de neve que começamos a encontrar. Frio intenso. Cada um de

# AS MINAS DO REI SALOMÃO

nós bebe uma gota de conhaque. Para dormir, amontoamo-nos uns sobre os outros; nem assim conservamos calor. Estamos verdadeiramente *sofrendo de fome.* Julguei que Venvogel, o nosso hotentote, ia morrer esta noite". Tudo isso é já terrível. Mas o seguinte apontamento, datado de 23 de maio, recorda sofrimentos mais vivos: "Estamos numa situação medonha. A não ser que encontremos que comer hoje, o nosso fim está próximo. O conhaque acabou. Venvogel que, como todos os hotentotes, não pode aguentar frio, parece perdido. As ânsias agudas da fome passaram. O que eu sinto (e os outros dizem que sentem o mesmo) é uma espécie de adormecimento, de torpor no estômago. Estamos ao nível da grande escarpa, que eu chamo *a porta,* o colossal muro de terra, lava e rocha, que liga os dois Seios de Sabá. Para trás de nós estende-se o deserto que atravessamos... Para que o atravessamos nós?". Logo abaixo dessas linhas há outra, escrita decerto num dos momentos em que parávamos: "Deus se amerceie de nós, que chegou o nosso fim!".

Esta linha não tem data, mas sem dúvida foi traçada no dia 24. Depois, os apontamentos falham; mas eu muito bem me recordo dos sucessos nesse estranho dia. Íamos então caminhando através da neve, com paragens incessantes, impostas pela incomparável fadiga. Tudo em redor era radiantemente, indescritivelmente branco. E esta absoluta brancura, sob o absoluto silêncio, tornava-se tanto mais desoladora, quanto evidenciava a ausência de vida e a impossibilidade de achar que comer, fosse animal ou planta. Quase ao pôr do sol chegamos junto da "ponta do seio", dessa enorme colina de neve dura, que, pousada no topo da montanha (da montanha que reproduzia a forma perfeita de um seio), parecia ela própria o bico desse peito descomunal. Apesar de exaustos, prendemo-nos um instante na admiração daquele esplêndido cume de monte, mais esplêndido ainda pela luz vermelha e cor-de-rosa em que os raios do sol poente o envolviam, dando-lhe um tom de carne, de uma carne sobrenatural que de si irradiasse luz. Mas a admiração não podia durar em homens colocados, como nós, a tão extrema vizinhança da morte. O nosso mal era sobretudo o frio. Bem comidos, estimulados por um vinho generoso, ainda poderíamos aguentar a pavorosa temperatura daquelas neves eternas. Mas assim, moribundos de fome, como resistir à noite que vinha caindo? Quando o Sol nos faltasse, como viveríamos, a menos de encontrar um abrigo? Abrigo!... Onde estava ele, nessa branca e lisa vastidão de neve?

– A cova de que fala o português, no papel, deve ser por aqui – murmurou o capitão John. Pobre John! Tinha os olhos (como os outros, como eu decerto) encovados, esgazeados, rebrilhantes de febre, sobre a lividez da face hirsuta. Considerei um momento o pobre amigo, encolhendo os ombros.

– Cova! Se tal cova existe... Na cova estamos nós, ou à beira dela.

O barão, porém agora acreditava firmemente na escrupulosa exatidão do velho D. José da Silveira. "Se ele a achou (argumentava o barão, e com razão) é que essa cova está situada de tal sorte, tão saliente e tão visível, que não pode deixar de atrair os olhos, e logo os passos de quem for trepando a serra."

– Ainda a encontramos, e antes do sol-posto! – afirmou ele, com um grande gesto de esperança.

– Se a não encontramos – foi a minha consoladora réplica – e a noite vier sobre nós, assim desabrigados, é o fim da nossa aventura. Em todo o caso, real ou metaforicamente, é *a cova!*

Durante dez ou doze minutos arrastamos os passos num silêncio mortal. Umbopa ia adiante, com os ombros abafados na manta curta, e um cinto de couro muito apertado, arrochado em volta da cinta "para encolher a fome". Eu seguia atrás, quase vergado em dois. De repente tropecei nele, que parara, e que me agarrou pelo braço:

– Macumazã, acolá! – exclamou surdamente, apontando com o cajado.

O que ele apontava era a linha abrupta onde começava, subindo, a primeira encosta do "bico do peito". E aí, na brancura da neve, destacava uma mancha preta.

– É a caverna! – exclamou Umbopa.

Talvez fosse! Parecia, com efeito, a abertura negra de um buraco. Para lá endireitamos os passos. E na realidade encontramos uma gruta, de entrada baixa e lôbrega, que bem podia ser a que o velho D. José da Silveira marcara no seu roteiro. Em todo o caso ali estava um abrigo. E bendito era o seu encontro porque (como sucede nestas latitudes) o Sol sumiu-se subitamente, e logo atrás dele, de golpe, sem crepúsculo, sem gradação, a noite caiu, gelada e negra. Enfiamos bem depressa para dentro da caverna, como animais acossados. Aconchegamo-nos uns contra os outros, sentados no chão, costas com costas. E ali ficamos na treva, mudos, tiritando e procurando esquecer no sono a nossa extrema miséria. Mas o frio, intenso demais, não nos consentia dormir. Estou convencido que, naquela altura, o termômetro marcaria regularmente catorze ou quinze graus abaixo de zero! E era esta temperatura que tínhamos de afrontar, de todo alquebrados de fadiga, meio inanimados de fome!

Pois ali estivemos em montão, encolhidos uns nos outros, durante a infindável noite, sentindo a cada instante, através do corpo, começos de congelação ora num pé, ora nos dedos, ora na orelha. Debalde nos apertávamos! Para quê! Nenhum tinha em si calor bastante para comunicar à carcaça alheia. Às vezes um conseguia dormitar durante momentos, mas para acordar logo em sobressalto, recomeçar a tremer. De resto, naquelas condições, o sono que se prolongasse decerto se tornaria eterno. Foi uma noite angustiosa! Eu, por mim, creio que me conservei vivo por um violentíssimo e teimosíssimo esforço da vontade.

Um pouco antes da madrugada, Venvogel, o nosso pobre hotentote, cujos dentes toda a noite tinham batido como castanholas, chamou baixo por mim, deu um pequeno suspiro, e ficou profundamente sossegado, como se tivesse adormecido. As costas dele pousavam contra as minhas costas. Pareceu-me que as sentia pouco a pouco arrefecer. Por fim tomaram-se, positivamente, como uma grande pedra de gelo que me regelava. Duas vezes as repeli. Duas vezes a *pedra* se abateu sobre mim, mais fria. O ar, no entanto, clareava. A entrada da cova foi aparecendo como uma névoa luminosa, feita de refração do Sol sobre a neve. Uma luz mais viva e fixa estendeu para dentro a sua brancura e olhando então para trás, descobri que o pobre hotentote estava morto! Decerto morrera quando o ouvi suspirar. Pobre Venvogel! Não admirava que lhe tivesse sentido as costas cada vez mais frias, mais frias... A sua miséria findara. Ali estava agora, na mesma postura, com as mãos apertadas em torno dos joelhos, a cabeça caída para baixo, *gelado*. Todos nos erguemos de salto, com horror. Já a esse tempo o dia penetrara na caverna, numa luz mortiça e vaga.

De repente, ao meu lado, ressoou um grito. Voltei a cabeça vivamente. E vi, ao fundo da gruta, que não tinha mais de quatro metros, uma forma, uma figura humana, sentada numa pedra, com a cabeça toda descaída sobre o peito, os braços hirtos e pendentes para o chão. Aproximei-me mais, aterrado. E percebi que era também um *morto*. Pior ainda, percebi que era um *branco!*

Os nossos nervos, desorganizados já, não puderam com esta nova e brusca emoção. Tropeçando uns nos outros, largamos desesperadamente a fugir para fora da caverna.

Mas depois, fora, na plena luz, olhamos uns para os outros, envergonhados.

– Vou ver outra vez – exclamou o barão, terrivelmente pálido. – Talvez a figura que vimos seja a de meu irmão.

Era possível. E um por um, num silêncio apavorado, atrás do barão, tornamos a penetrar na gruta. Ao princípio, deslumbrados pela grande luz exterior e pela alvura da neve, nada distinguíamos na penumbra côncava. Por fim a estranha, horrível figura destacou, surgiu na sombra. Avançamos para ela. O barão ajoelhou, espreitou a face morta, teve um suspiro de alívio:

– Não, graças a Deus, não é ele!

Fui também olhar. Não, nem remotamente se parecia com esse sujeito chamado Neville, que eu encontrara em Bamanguato. O cadáver era o de um homem alto, de meia-idade, com feições aquilinas, cabelo já grisalho, e longos bigodes negros. A pele, perfeitamente amarela, estava toda esticada sobre os ossos. Não tinha fato, a não ser uns restos de meias altas, de lã, até aos joelhos. Do pescoço, preso por uma correntezinha, pendia-lhe um crucifixo de marfim. Todos os membros hirtos se lhe tinham petrificado.

– Quem poderá ser? – murmurei, assombrado.

O capitão John contemplava a figura, pensativamente.

– Tenho uma ideia... Não pode ser senão ele! É o velho fidalgo! É D. José da Silveira!

Eu e o barão soltamos o mesmo grito de incredulidade:

– Impossível! Há trezentos anos!

Mas o capitão tinha as suas razões, e decisivas. Numa temperatura como a da cova, que é a de uma geleira, um corpo morto pode perfeitamente conservar-se trezentos anos, mesmo três mil... Essa temperatura, de quinze a dezessete graus abaixo de zero, nunca ali mudava; nenhum raio de Sol entrara jamais naquela cova voltada para Noroeste; não havia animais que ali penetrassem e que destruíssem o corpo. Que importavam três séculos? A carne de açougue, que vem de Nova Zelândia para Londres dentro das geleiras artificiais, está fresca ao fim de trinta dias; e conservada em iguais condições, não se deterioraria ao fim de trinta séculos. Naturalmente o escravo (de quem ele fala no papel), quando o encontrou morto, tirou-lhe o fato, não se deu ao trabalho de o enterrar, e abalou...

– E olhai! – acrescentou o capitão apanhando uma espécie de osso da forma de um lápis, e aguçado, que jazia no chão, ao lado. – Aqui está com que ele desenhou o mapa! Tirou sangue do braço, escreveu com esta ponta de osso!

Passamos o osso de mão em mão, em silêncio, esquecendo as nossas próprias misérias no espanto daquele encontro. Já não podia haver dúvida. Ali estava ele, pois, sentado numa pedra, frio e duro como ela, o homem cujo derradeiro escrito, traçado havia mais de trezentos anos, nos trouxera ao lugar mesmo onde ele o escrevera para o encontrar a ele próprio, na mesma atitude em que, com o seu sangue, riscara o roteiro que de além-túmulo nos guiava! Incomparável maravilha! Ali tinha eu na mão a rude pena com que ele traçara essas linhas! E parecia que ante mim, pouco a pouco, ressurgiam visíveis, redivivos, os momentos passados há três séculos; o heroico fidalgo, morto de frio e de fome, procurando revelar ao seu rei o segredo imenso que descobrira; a camisa rasgada, a veia aberta; as linhas trémulas ansiosamente lançadas; a pena informe, escorregando-lhe da mão; a treva da noite enchendo a cova; o derradeiro beijo pousado no crucifixo; um pensamento dado ainda aos seus, à terra de onde partira num galeão, ao rei que servia com indomada fé; por fim a morte, o lento e sereno resvalar para a morte, naquele imenso silêncio e na imensa solidão!

Por vezes mesmo, olhando para ele, parecia-me reconhecer as aquilinas e enérgicas feições do seu descendente, o pobre Silveira que me morrera nos braços. Talvez a imaginação. Em todo o caso *ele* ali estava, o primeiro, o antepassado, esse de quem o seu remoto neto me falara, estendendo os olhos já embaciados para os distantes Seios de Sabá. Ali estava; e provavelmente lá está ainda, lá estará, através dos séculos que hão de vir, para espantar outros aventurosos homens como nós, se jamais houver outros que cheguem a penetrar na sua espantosa e solitária tumba!

– Vamos embora! – exclamou o barão, muito pálido.

Mas parou. E apontando o corpo de Venvogel, que ficara na mesma postura, com os joelhos à boca, os braços apertados em volta dos joelhos:

– Demos uma companhia ao pobre morto, para dormir neste esquecimento.

Erguemos então o cadáver de Venvogel e colocamo-lo sentado na pedra, junto do velho fidalgo português. Depois o barão quebrou a corrente que pendia do pescoço de D. José da Silveira, e guardou o crucifixo no seio. Eu próprio tomei o osso em forma de lápis. Aqui o tenho ao meu lado, enquanto estas linhas escrevo. Às vezes assino com ele o meu nome.

Finalmente, tendo-os deixado lado a lado, o altivo fidalgo de outras eras e o pobre servo hotentote, a passar a sua eterna vigília entre essas eternas neves, saímos da caverna para a luz esplêndida e retomamos em fila o nosso triste caminho, pensando que bem cedo estaríamos como eles, gelados e hirtos, num barranco da serra.

Andada uma milha, que nos levou muito tempo, chegamos enfim à extremidade do planalto do monte, sobre o qual assentava o "bico do peito". E foi uma grande emoção. Por baixo de nós, adiante de nós, estava (devia estar) enfim essa região misteriosa para além das serras, que nós vínhamos demandando, mas toda ela se ocultava sob um denso nevoeiro. Ali ficamos pois repousando, esperando. Pouco a pouco, as camadas mais altas da névoa foram se desfazendo. Avistamos então um pendor da serra, muito doce e todo coberto de neve. Depois outras camadas de nevoeiro mais abaixo clarearam; e apareceu aos nossos olhos famintos uma campina de erva verde, um regato correndo através, e à beira da água, deitados ou pastando, uns dez ou doze animais que nos pareceram antílopes.

A nossa alegria foi como a de uma ressurreição. Caça! Ali estava caça para comer, e deliciosa! Era a salvação, era a vida! A dificuldade era caçar essa caça!...

Lembro-me que, no nosso imenso alvoroço, tivemos uma rápida e atarantada discussão, em voz baixa e trêmula, se devíamos aproximar-nos da caça ou fazer fogo dali, se devíamos usar as carabinas *Winchester* ou a *Express!* Indecisão terrível, porque de acertar ou falhar dependiam as nossas vidas. Fui eu por fim que me decidi. Se tentássemos atravessar o pendor da neve, podíamos espantar o rebanho. E a carabina *Express,* apesar de um alcance inferior, era preferível porque as balas explosivas mais facilmente apanhariam *algum* dos antílopes.

Enfim, fizemos fogo, todos a um tempo, com um estampido que rolou tremendamente nas quebradas dos montes. O fumo clareou. E eis que, alegria sem par, vimos um dos animais por terra esperneando furiosamente. Berramos de puro gozo. Estávamos salvos! Salvos! De fome já não morríamos! Corremos aos trambolhões pela neve abaixo e em poucos momentos tínhamos nas mãos os fígados e o coração do animal, quentes e fumegando!

Mas surgia uma dificuldade. Sem lenha, sem lume, como assar a caça?

– Gente faminta não tem exigências – gritou excitadamente o capitão John. – A ela, e crua!

Não restava outra solução, e não nos pareceu repugnante. Arrefecemos as vísceras na neve, lavamo-las na água corrente e devoramo-las com voracidade! Parece horrível, mas confesso que aquela carne crua me soube divinalmente! Daí a um quarto de hora, que mudança! Voltara-nos a vida, o vigor! O pulso batia outra vez forte e regular. Eu, por mim, sentia positivamente o sangue degelar-se, correr-me dentro das veias!

O barão apertou as mãos, e disse simplesmente:

– Louvado seja Deus por isto!

Ficamos olhando uns para os outros, muito tempo, sem fala, num sorriso mudo. E não havia em nós outra sensação senão a de estarmos salvos, de estarmos vivos! Por fim adormecemos, envoltos docemente no Sol, que subia macio e tépido. Quando acordamos, e esfregamos os olhos, o nevoeiro desaparecera. Toda a vasta região embaixo nos apareceu num relance. Demos um grande *ah,* lento e maravilhado! Nunca eu vira (nem outra vez verei!) terra mais deslumbrante! Mudo ainda, tonto da fadiga e da fome passada, parecia-me que morrera, que chegara ao Paraíso, e que o Senhor nos ia aparecer!

Estávamos no planalto de um dos Seios de Sabá, com um dos "bicos do peito" erguendo-se por trás de nós até às nuvens, sublime e brilhante de neve. Logo por baixo desciam os vastos pendores da serra, numa profundidade de cinco mil pés; e para além das derradeiras faldas, a perder de vista, eram léguas e léguas de uma terra esplendidamente fértil, de adorável beleza. Víamo-la desdobrada ante nós, como um imenso mapa em relevo; e os seus encantos diferentes, assim abrangidos, num relance, davam a impressão de um Paraíso resumido, onde Deus prodigamente tivesse reunido as suas obras melhores. Escassamente se pode detalhar uma paisagem tão formosa e vária. Aqui alastrava-se uma vasta mancha de floresta; além um rio ondulava com vivos brilhos de aço novo; para diante longas pradarias tapetavam o solo de verde tenro e claro; mais longe era um lago que brilhava, grandes rebanhos que pastavam, ou uma colina onde a água viva borbulhava e faiscava entre as rochas. As culturas abundavam, ricamente coloridas. A cada instante entre pomares e regatos avistávamos aldeias graciosas, com as cabanas coroadas por um teto de colmo agudo. De tudo se elevava uma sensação prodigiosa de vida e de fartura, de paz. No horizonte surgiam picos de serras remotas, cobertas de neves. E um Sol radiante derramava ilimitadamente a alegria do seu fulgor de ouro.

Duas coisas nos impressionaram. Primeiramente, que aquela região tão rica estivesse pelo menos cinco mil pés acima do nível do deserto. E depois que toda aquela água da serra corresse de Sul para Norte, do lado oposto ao sertão, indo unir-se ao magnífico rio que se perdia no horizonte azulado.

Nenhum de nós falava, arroubados na contemplação daquela incomparável natureza. Por fim o barão estendeu o braço:

– Há uma estrada marcada no mapa, com o nome de estrada de Salomão, não é verdade? Pois lá está, além, para a direita...

## AS MINAS DO REI SALOMÃO

E com efeito, para a direita, nos primeiros declives da serra, abaixo dos nossos pés, branquejava uma grande estrada! Tínhamos já perdido toda a faculdade de admirar. E a nenhum de nós pareceu estranho que, no topo de uma montanha, no centro de África, a centos de léguas de toda a ciência e civilização, houvesse uma estrada, com as proporções e grandeza de uma velha via romana, branca como neve, talhada sobre os abismos.

– O melhor é descermos – disse simplesmente o capitão John. A estrada ficava (como disse) à nossa direita, surgindo por trás de grossas penedias que se amontoavam no primeiro pendor da serra. Cortamos para lá devagar, ora através de grandes espaços de neve, ora por sobre montes de lava. Quando dobramos por fim as penedias, avistamo-la de repente, embaixo, a algumas jardas. Era magnífica, toda cortada na rocha viva, e admiravelmente conservada! Mas, coisa extraordinária, parecia começar ali, ao meio da serra, bruscamente. Continuamos a descida alvoroçados, pusemos enfim os pés sobre as suas fortes lajes. Olhamos, exploramos em redor. A estranha via findava com efeito ali, entre umas rochas de lava entremeadas na neve!

– Extraordinário! – exclamou o barão. – Por que começa esta estrada assim, ou por que acaba assim, de repente, no meio da serra?

Abanei a cabeça, em perfeita ignorância.

– Parece-me que percebo – disse o capitão, coçando o queixo. – Esta estrada é simplesmente maravilhosa! Não acaba aqui. Antigamente galgava a cordilheira e seguia pelo deserto. Mas a parte que galgava a serra para além foi coberta por montões de lava, em alguma erupção; e a parte que cortava o deserto foi invadida pelas areias movediças. Não pode ser senão isto.

Talvez fosse. Em todo o caso, largamos os passos por sobre essa surpreendente estrada, que tinha o nome de Salomão.

Essa suave descida por uma magnífica calçada, com as forças restauradas, e a abundância a esperar-nos embaixo, nos férteis campos cheios de gado, era bem diferente da subida pela neve acima, extenuados de fome e de fadiga, e com a aflitiva incerteza do que estaria para além. Na verdade, se não fosse a triste lembrança do pobre Venvogel e da sinistra cova, onde ele espectralmente ficara ao lado do velho de outras eras, poderíamos cantar de pura alegria. A cada milha que andávamos, o ar cada vez se tornava mais macio e tépido, e a região em torno parecia crescer para nós, a transbordar de abundância e beleza. A estrada, essa, era positivamente portentosa. Afirmava o barão que tinha semelhanças com a estrada do Saint-Gothard sobre os Alpes. Eu, por mim, não vira maravilha maior! Num certo sítio abria-se uma ravina medonha, de uns trezentos pés de largura, de uma profundidade de mais de cem mil pés; pois este abismo estava vadeado por um colossal aqueduto, com arcos para a passagem das torrentes, sobre o qual a estrada seguia com soberba segurança. Noutros sítios, cortada em zigue-zague na rocha, contornava pavorosos precipícios, com parapeitos que a defendiam e formavam balcões sobre o abismo. Mais adiante, perfurava um monte de rocha, com um túnel de trinta jardas.

Nas paredes deste túnel corriam singulares relevos, representando guerreiros com cotas de malha, que retesavam arcos, guiavam carros de combate. Havia mesmo uma grande cena de batalha, com lanças em confusão, e cativos acorrentados.

– Tudo isto é obra egípcia – dizia a barão, parando a cada instante. – Tudo isto eu vi nos templos do Alto Egito. O nome da estrada virá de Salomão. Mas estas esculturas são das mãos de egípcios.

Pela uma hora da tarde tínhamos descido a montanha até às faldas baixas onde começava o arvoredo. Ao princípio eram apenas raros arbustos silvestres. Depois a estrada penetrava num bosque de olmos, uns olmos cujas folhas brilham como prata, e que eu supunha só existirem no Cabo.

– Estamos ao menos em terra de lenha! – exclamou entusiasmado o capitão John. – Vamos parar, e cozinhar um jantar. Eu, por mim, já digeri aquela carne crua... Reentremos solenemente na civilização!

Todos, com efeito, tínhamos fome; e deixando a estrada, fomos em direção a um regato que brilhava a distância entre árvores e relvas. Bem depressa fizemos um fogo de ramos secos; e, cortando suculentos bifes do lombo do antílope que trouxéramos conosco, assamo-los na ponta de espetos de pau, à velha maneira dos cafres. Ao fim do delicioso repasto acendemos os cachimbos e, estirados à sombra das frescas árvores, gozamos enfim, depois de tão longos e duros dias, um repouso perfeito.

O lugar era adorável. O regato, muito frio e muito puro, cantava sobre seixos que reluziam. As margens verdejavam, cobertas de fetos esplêndidos, entremeados com plumas de espargos silvestres. Aqui e além cresciam tufos de flores. Uma brisa, tépida e macia como veludo, sussurrava nas folhas dos olmos. Bandos de rolas arrulhavam meigamente. E, de ramo em ramo, faiscavam as asas de pássaros mais brilhantes que joias.

Nenhum falava, no enlevo daquela paz e daquela doçura. E por muito tempo nenhum de nós se moveu, até que o capitão John, surgindo de repente nu do leito, espesso de fetos onde se enterrara, correu para o riacho, e mergulhou num longo e ruidoso banho. Deitado de costas, num bem-estar indizível, ocupei-me então a observar aquele homem admirável, que, apenas se achava numa região de ordem, retomava os seus complicados hábitos de asseio e de elegância. Depois do banho, o nosso excelente amigo revestiu a camisa de flanela; e, sentando-se à beira do regato, rompeu a lavar os seus colarinhos de guta-percha. Finda esta barrela, sacudiu, escovou, esticou as calças, o colete, o jaquetão, dobrou tudo cuidadosamente, e pôs-lhe por cima pedras para acamar e desfazer os vincos. Em seguida, profundamente concentrado, passou às botas, que esfregou com uma mão-cheia de feto, e depois besuntou com gordura de antílope (que pusera de lado) até lhes dar uma aparência comparativamente lustrosa e decente. Tendo-as examinado com cuidado, de monóculo fixo e cabeça à banda, encetou outras e mais delicadas operações. De um pequeno saco que trazia na mochila, tirou um espelhinho e examinou cuidadosamente dentes, olhos, cabelos, barba, já grossa de oito dias. Este exame parecia humilhá-lo, porque abanava a cabeça com desconsolação e tédio. Começou então pelas unhas, que aparou e poliu; depois seguiu ao cabelo, que acamou e apartou... Mas de repente, com uma ideia, calçou as botas que pusera ao lado; e assim, de botas, com as pernas fluas, e em camisa de flanela, ergueu-se para ir pendurar o espelhinho num ramo de árvore, o arranjo não provou satisfatoriamente, porque voltou para a beira do regato, e com custo e arte equilibrou o espelho numa folha grossa de feto. Tornou logo a meter a mão no saco e tirou uma navalha de barba... "Santo Deus!", pensei eu, erguendo-me no cotovelo, "o homem irá fazer a barba?". Ia. Tomando outra vez o pedaço de gordura de antílope com que ensebara as botas, lavou-a escrupulosamente no regato, esfregou com ela desesperadamente a face e o queixo, e principiou a rapar o pelo áspero de oito dias. Era porém uma operação difícil, porque cada movimento da navalha vinha acompanhado de um angustioso gemido. Por fim conseguiu escanhoar a face esquerda e metade do queixo. Grande suspiro de alívio! E ia atacar a outra face quando, de repente, vi uma coisa passar e lampejar por cima da cabeça.

John deu um pulo, com uma praga. Ergui-me também de salto, e na mesma margem do regato, a distância de uns trinta passos, dei com os olhos num bando de homens. Era uma gente de grande estatura, imensamente robusta, e cor de cobre.

Alguns deles traziam aos ombros peles de leopardo, e na cabeça umas coroas de altas penas, negras, direitas, que ondulavam na brisa. Em frente do bando, um rapaz de uns 17 anos conservava ainda o braço erguido e o corpo inclinado, na atitude graciosa de uma estátua que eu vira no Cabo, um efebo grego que lança um dardo. Evidentemente a *coisa* que passara e brilhara era um dardo, e fora o moço airoso que o arremessara.

Quase imediatamente, um velho, de ar ereto e marcial, saiu dentre o grupo, e, agarrando o braço do rapaz, falou-lhe baixo como se o avisasse. Em seguida todos avançaram para nós.

O barão, John e Umbopa tinham logo agarrado e apontado as carabinas. Os homens todavia continuavam avançando, devagar, em grupo. Percebi logo que nunca tinham visto espingardas, pelo modo como afrontavam assim tranquilamente os três canos erguidos.

– Baixem as armas! – gritei aos outros.

Tinha compreendido também que a nossa segurança entre essa gente selvagem dependia toda de conciliação e de ardil. Apenas pois os companheiros baixaram as armas, caminhei lentamente para o velho.

– Bem-vindo! – exclamei em zulu, ao acaso, sem saber que idioma entenderiam aqueles homens.

Com surpresa minha, o velho compreendeu. E respondeu logo, não em zulu, mas num outro dialeto, tão parecido com o zulu, que Umbopa e eu o percebemos perfeitamente:

– Bem-vindo!

As Minas do Rei Salomão

Como viemos a saber depois, a língua deste povo era uma forma antiquada da língua zulu, e estando para o zulu do Sul como o inglês do tempo dos Tudores está para o inglês polido do século XIX. No entanto o velho avançara outro passo, erguendo a mão.

– De onde vindes? – continuou ele. – Quem sois? Por que tendes três de vós as faces brancas, e o outro a pele como nós e como os filhos de nossas mães?

E apontava para Umbopa, que na realidade, pela figura, pela cor, pelas feições, era muito semelhante àqueles homens formidáveis. Eu então repeti a saudação ao velho. E, muito espaçadamente, para que ele apanhasse bem o meu zulu:

– Somos gente de outros sítios, vimos em boa paz, e este homem é nosso servo.

O velho abanou lentamente a cabeça, ornada de imensas plumas negras que ondulavam.

– Mentes! A gente de outros sítios não pode atravessar as montanhas, nem o deserto sem água onde toda a vida acaba. Mas não importa que mintas... Se sois estranhos e vindes de outros sítios, tendes de morrer, porque não é permitido a ninguém entrar na terra dos Cacuanas. É a vontade do nosso rei. Preparai-vos pois para morrer, ó gentes!

Fiquei um pouco perturbado, tanto mais que vi alguns selvagens levarem logo a mão ao cinto de onde lhes pendiam umas armas em forma de pesadas navalhas.

– Que diz esse malandro? – perguntou o capitão, percebendo o meu embaraço.

– Diz simplesmente que nos vai retalhar à faca.

– Santo Deus! – murmurou o nosso amigo.

E, como era seu costume em frente de um perigo ou de uma crise, passou nervosamente a mão pelo queixo e pelos beiços. Alguma coisa decerto lhe sucedeu então à dentadura postiça (que momentos antes tirara para lavar e que tornara a pôr), porque num relance lhe vi os dentes todos de fora, e logo sumidos para dentro! Não percebi bem o caso. Mas qual é o meu espanto quando os cacuanas soltam um grito de terror, e recuam em tropel!

– Que foi? – exclamei.

– Foram os dentes! – acudiu o barão, excitadamente.

– Os selvagens viram-lhe os dentes a mover-se... Tira-os de todo, John, tira-os de todo. Talvez os assustes.

O capitão prontamente compreendeu, passou a mão devagar por sobre a boca, e escamoteou a dentadura. Os cacuanas, no entanto, numa ânsia de curiosidade, avançavam de novo, com os olhos arregalados para John. E foi o velho (evidentemente um chefe) que ergueu a voz e a mão, com solenidade:

– Quem é este homem, ó gentes, que tem o corpo coberto, as pernas fluas, cabelo só em metade da cara, e um grande olho que reluz? Quem é ele que faz mexer assim à vontade os dentes para dentro e para fora da boca?

– Abra a boca, John! – murmurei eu baixo para o capitão.

John arreganhou os beiços, e exibiu duas gengivas muito vermelhas, desdentadas como as de um recém-nascido. Entre os selvagens passou um sussurro de espanto.

– Onde estão os dentes? Ainda agora tinha dentes! – exclamavam eles, entre si, com gestos apavorados. Então John deu um movimento vagaroso à cabeça, passou a mão pela boca com soberana indiferença, e desfranzindo de novo os beiços mostrou duas esplêndidas filas de dentes, muito fortes, muito sãos, que rebrilhavam.

No mesmo instante o rapaz que despedira o dardo arremessou-se para o chão, com gritos espavoridos. Todo o bando tapava as faces com as mãos, num terror. E o velho, que parecia o mais resoluto, tremia tanto, e tão encolhido, que lhe batiam os joelhos um contra o outro.

Só quem conhece selvagens e a mobilidade daquelas imaginações infantis pode compreender como subitamente, em cada um deles, ao desejo de nos matar ia já sucedendo o impulso de nos adorar... Quando o velho tornou a levantar a voz, foi muito humildemente e numa postura de súplica:

– Vós sois espíritos! Bem vejo que sois espíritos, ó gentes! Nunca houve homem nascido de mulher que tivesse só cabelo num lado da cara, e um olho redondo e transparente, e dentes que se derretem e de repente

crescem outra vez... Vós sois espíritos. Perdoai-nos, senhores, perdoai-
-nos!

Aproveitei logo esta esplêndida ocasião. E estendendo o braço, com soberba magnanimidade:

– Estais perdoados.

Era porém necessário, para nossa salvação, que deslumbrássemos e inteiramente nos apoderássemos daquelas almas ferozes e simples. E para isso, na África (como noutras partes) o mais pronto instrumento é o sobrenatural. Não hesitei portanto (com vergonha o confesso) em me atribuir, a mim e aos meus companheiros, uma origem divina! De resto, com o negro da África Central, que *pela primeira vez* vê o branco, e assiste a alguns dos *milagres* que o branco pode realizar com os pequenos recursos da sua pequena civilização, este procedimento é o mais seguro e o mais humano. O selvagem fica desde logo (pelo menos por algum tempo) contido dentro do respeito, absolutamente razoável e tratável; e assim, poupando ao negro as traições, os brancos poupam a si próprios as represálias.

Ergui pois a mão, e disse, com vagar e majestade:

– Já que vos perdoei, porque sois ignorantes, condescendo também em vos dizer quem somos. Somos espíritos. Vivemos além, por cima das nuvens, numa daquelas estrelas que vós vedes de noite brilhar. E viemos visitar esta terra, mas em paz e para alegria de todos!

Entre os indígenas correram grandes *ah! ah!* lentos e maravilhados.

Eu prossegui, mais grave:

– Nós conhecemos todos os reis e todas as gentes. E eu, que sou a voz dos outros, conheço todas as línguas.

– A nossa bem mal! – arriscou com timidez o velho guerreiro.

Dardejei-lhe um olhar chamejante que o estarreceu. E gritei logo, para fazer uma diversão brusca àquela observação tão justa e perigosa:

– Viemos em paz, é certo! Mas fomos recebidos em guerra. E talvez devêssemos castigar já o ultraje feito por esse moço, que sem provocação atirou uma faca ao espírito divino cujos dentes de repente nascem e caem.

– Oh! Não! Meu senhor! – gritou numa ansiosa súplica o velho guerreiro. – Poupai-o! Poupai-o, que é o filho do nosso rei! Eu sou seu tio, que o ajudei a criar. Só eu respondo por cada gota do sangue que lhe gira nas veias!... Ó meu senhor, a demência vai bem aos espíritos!

Afetei não compreender a angustiosa prece, e tornei com superior indiferença:

– As nossas maneiras de castigar são simples e terríveis. Num instante ides ver... Tu, escravo que nos segues – e aqui encarei para Umbopa –, dá-me a arma de feitiços que troveja.

Umbopa, que assistira absolutamente impassível e sério a todas as minhas afirmações de divindade e que (zulu inteligente, afeito aos brancos e às *suas manhas)* lhe percebera o alcance; estendeu-me uma carabina *Winchester,* com humilíssima reverência.

Justamente nesse instante avistei, para além do riacho, a umas setenta jardas de distância, um pequeno antílope, imóvel sobre um montão de rochas.

– Vedes aquele gamo? – exclamei eu para os selvagens. – Julgais possível que um simples homem, nascido do ventre da mulher, o mate daqui de onde estou, só com fazer estalar um pequeno trovão?

– Não é possível! – murmurou, recuando, o velho guerreiro. – Não é possível para homem nascido do ventre da mulher!

– Ides ver.

Apontei. *Bum*! E subitamente o gamo, dando um pulo furioso no ar, tombou morto, imóvel, estatelado nas pedras. Um fundo murmúrio de assombro, de terror, passou entre os cacuanas... Eu acrescentei simplesmente:

– Aí está. E se tendes fome, podeis ir buscar aquele gamo!

O velho fez um sinal. Dois homens, correndo, trouxeram a caça. E amontoados em volta dela, todos em silêncio (num silêncio que era religioso pelo pavor que continha), ficaram contemplando boquiabertos o buraco da bala que lhe acertara entre os ombros.

– Se não estais satisfeitos – volvi eu ainda –, se em vez de um gamo me quereis ver matar um homem, que um de vós se coloque além sobre as pedras ou mais longe, e o raio irá ter com ele.

Houve um movimento geral dos cacuanas, recuando e protestando.

– Não! Não! – gritaram alguns. – Acreditamos, acreditamos... Não vale a pena gastar feitiços com nós outros, que acreditamos e que somos amigos!

O velho guerreiro interveio, com alacridade:

– Assim é! Nós somos amigos. E para que nos conheçais bem, ó almas das estrelas, que trovejais e matais tão de longe, sabei que eu sou Infandós, filho de Cafa, antigo rei dos Cacuanas. Este moço é Scragga, filho de Tuala, nosso rei! Tuala, o homem de mil mulheres, senhor dos Cacuanas, terror dos seus inimigos, sentinela da Grande Estrada, sabedor das artes negras, chefe de cem mil guerreiros, Tuala o supremo, Tuala o de um só olho...

– Basta – interrompi sobranceiramente. – Leva-nos então ao rei Tuala. Porque, nas nossas jornadas pelo mundo, nós só falamos a reis!

– Certamente, meu senhor, certamente... Mas nós andávamos caçando nestes sítios, e estamos a três dias de jornada da aringa do rei. São três dias que tendes de caminhar.

– Caminharemos. Escuta tu, porém, Infandós, e tu, Scragga, filho de Tuala! Se por acaso tentardes no caminho armar-nos uma traição, ou se essa ideia vos atravessar sequer a cabeça, nós, que tudo adivinhamos, tomaremos de vós tal vingança, que fará ainda estremecer os filhos de vossos filhos. Aquele cujo olho reluz, e cujos dentes vão e vêm, incendiará todas as vossas searas com a chama do seu olho, e despedaçará todas as vossas carnes com as pontas das suas presas! E nós faremos ressoar os canos que trovejam de uma maneira que será pavorosa! Toda a água secará. Todo o gado morrerá. E os espíritos maus virão, à nossa voz, dispersar os vossos ossos... E agora a caminho.

Essa tremenda fala era quase supérflua, porque os nossos novos amigos acreditavam, superabundantemente, nos nossos poderes sobrenaturais. Ainda assim, o velho Infandós saudou-nos com uma reverência mais funda e mais servil, repetindo três vezes estas palavras: *Crum! Crum! Crum!* Como depois soubemos, é esta a maneira cacuana de saudar o rei. Corresponde ao *Baiete!* dos Zulus.

Depois o velho atirou um gesto aos seus, que imediatamente carregaram às costas as nossas mochilas, cantinas, mantas e outras miudezas, exceto as espingardas, de que eles se afastavam em grandes voltas e com olhares de terror.

Um deles lançou mão ao fato do capitão John, ainda cuidadosamente dobrado à beira da água. O excelente John deu logo um pulo para as calças. E rompeu então uma imensa altercação.

– Não, meu senhor – gritava Infandós –, não consentirei que o meu senhor carregue com essas coisas!

– Mas é que eu quero pôr as calças! – berrava John.

– Todos somos aqui seus escravos para servir e carregar...

– Mas as calças...

– Meu senhor!

– Larga as calças, malandro!

Tive de intervir, sufocado de riso.

– Escute, John. O caso é mais sério do que parece. Um dos motivos do terror que estamos inspirando é a sua luneta, a sua cara meio barbada e meio rapada, os seus dentes postiços, e essas pernas brancas à mostra... Tudo isso espanta as imaginações de selvagens. E se o amigo quer que não nos percam o medo, é necessário continuar a aparecer-lhes nessa figura. Se o amigo lhes surgir amanhã de outro modo, tomam-nos por impostores, e a nossa vida não vale mais um pataco. Assim o viram nesta terra, assim nela tem de ficar.

John, inquieto, hesitante, voltou os olhos para o barão.

– O amigo Quartelmar tem razão – afirmou o barão. – E dá graças a Deus que já estavas de botas, e que a temperatura é tão doce.

John teve um suspiro de furiosa resignação. E, durante a nossa estada na terra dos Cacuanas, foi assim que John se mostrou e sempre praticou notáveis feitos: de botas, de pernas nuas, com uma metade da cara rapada, outra coberta de barba, e a fralda voando ao vento!

# PENETRAMOS NO REINO DOS CACUANAS

Toda essa tarde trilhamos a larga, magnífica estrada que seguia infindavelmente para o lado de Noroeste. Alguns dos negros marchavam adiante (uns cem passos), como vedetas. Outros seguiam levando as nossas bagagens. Nós íamos no meio entre Infandós e Scragga.

Pouco a pouco, Infandós e eu descaímos numa palestra familiar e amigável. O velho era esperto e loquaz.

– Quem fez esta estrada, Infandós?

– Foi feita há muito tempo, meu senhor. Ninguém sabe quando; nem mesmo uma mulher que tudo sabe, Gagula, que tem vivido através de gerações... Já ninguém pode fazer estradas assim... Mas o rei não consente que se desmanche, nem que lhe cresça a erva por cima.

– E há quanto tempo vivem aqui os Cacuanas, Infandós?

– A nossa gente, meu senhor, veio para aqui de grandes terras que estão para além – indicava o Norte – há mais de dez mil milhares de luas. Para baixo não puderam seguir, segundo diziam nossos avós, que o disseram a nossos pais, e segundo conta Gagula, a mulher que tudo sabe. Não puderam por causa das altas montanhas que estão em redor, e do deserto onde tudo morre. De modo que, como a terra era fértil, aqui assentaram; e tantos e tão fortes se tornaram que, agora, quando Tuala, nosso rei, chama os seus regimentos, o chão treme todo com o seu peso, e até onde a vista alcança só se veem plumas de guerreiros e lanças.

– Mas se a terra está murada de montanhas e se não tendes vizinhos, para que são tantos soldados?

– A terra está aberta para além – e indicava o Norte. – E às vezes descem de lá multidões, que não sabemos quem são e que nós destruímos. Já correu a terça parte de uma vida de homem desde a última guerra. Depois houve outra guerra, mas, foi entre nós, irmão contra irmão.

– Como foi isso, Infandós?

Infandós começou então uma dessas histórias de pretendentes e de guerras dinásticas, que abundam em todos os continentes. O pai dele, Capa, que era o rei dos Cacuanas, tivera por primeiros filhos, da primeira mulher (ele, Infandós, era filho de uma concubina) dois gêmeos. Ora a lei dos Cacuanas manda que, de dois gêmeos reais, o mais fraco seja sempre destruído. Mas a mãe, por piedade e amor, escondeu o gêmeo mais fraco, que se chamava Tuala, e, ajudada por Gagula, educou-o em segredo numa caverna. Quando Capa morreu, o gêmeo mais velho, que se chamava Imotu, foi portanto rei; e logo depois teve da sua mulher favorita um filho por nome Ignosi. Ora por esse tempo passara a guerra com os povos do Norte: os campos não tinham sido semeados; veio uma fome; e havia grande miséria e dor entre o povo, que, como uma fera esfaimada, rosnava, procurando com os olhos sangrentos alguma coisa em redor para despedaçar. Foi então que Gagula, a mulher que tudo sabe e que não morre, rompeu a dizer que os males todos provinham de que Imotu reinava sem ser rei. Imotu, a esse tempo, estava doente na sua cubata, com uma ferida.

Começou a correr um clamor entre o povo. Por fim Gagula, um dia, reuniu os soldados, foi buscar Tuala, o gêmeo mais novo que ela e a mãe tinham escondido nas cavernas, apresentou-o ao povo, descobri-lhe a cinta, e mostrou a marca real com que entre os Cacuanas os reis são marcados ao nascer; uma tatuagem representando uma cobra, que se enrosca em torno de um ventre real, e vem reunir, sobre o umbigo real, a cabeça e o rabo. E, ao mesmo tempo, Gagula gritava: "Eis o vosso verdadeiro rei, que eu salvei e que escondi, para ele vos vir salvar agora!". O povo, tonto de fome, ignorando a verdade, espantado com a evidência da marca real, largou a bradar: "Este é o rei! Este é o rei!". Alguns sabiam bem que não, e que neste só havia impostura. Mas nesse momento, ouvindo os alaridos, o rei Imotu saiu doente e trôpego da sua cubata, com a mulher e o filho que tinha 3 anos, a saber por que vinham tantos brados e porque pediam eles "o rei". Imediatamente Tuala, o irmão, correu para ele e cravou-lhe

AS MINAS DO REI SALOMÃO

uma faca no coração! E o povo, que as ações decididas e bruscas sempre fascinam, gritou logo: "Tuala é rei! Tuala provou que é rei!". Diante disto a pobre mulher de Imotu agarrou o filho, o seu Ignosi, e fugiu. Ainda apareceu, passados dias, numa aringa, pedindo de comer. Depois viram-na seguir para os lados dos montes e nunca mais voltou.

– De modo – observei eu, interessado por esta página de história negra – que Tuala não é o verdadeiro rei.

O velho respondeu com prudência:

– Tuala, o grande, é rei. Mas se Ignosi vivesse ainda, só esse tinha o legítimo direito de reinar sobre os Cacuanas. A cobra sagrada foi-lhe marcada em torno da cinta. O rei é ele. Somente decerto há muito que Ignosi morreu...

Casualmente, nesse instante, voltando-me para falar aos camaradas que marchavam atrás, esbarrei com Umbopa que quase me pisava os calcanhares, absorto naquela história de Imotu e de Ignosi, com uma curiosidade, um interesse que lhe punham nos olhos um brilhar desusado, lhe davam a expressão de quem de repente lembra coisas vagas, remotas, semiesquecidas, perturbadoras. Nessa ocasião permaneci indiferente. Mas depois, através da jornada, muitas vezes pensei naquela ansiosa, esgazeada curiosidade do zulu.

No entanto já trilháramos algumas fortes milhas de estrada. As montanhas de Sabá ficavam para trás, envoltas nos seus místicos véus de névoa. E o país cada vez se oferecia mais famoso e mais rico.

Ao começo da tarde avistamos enfim uma grande povoação que, segundo Infandós nos declarou, pertencia ao seu comando militar e continha uma vasta guarnição. O velho guerreiro mandara mensageiros adiante, correndo, num passo de gazela, a anunciar a nossa vinda. E quando nos aproximamos da aldeia, descobrimos, com efeito, saindo das portas e marchando ao nosso encontro densas companhias de soldados.

O barão tocou-me no braço, com receio que "as coisas se apresentassem desagradavelmente". Infandós decerto compreendeu, pelo tom, pelo franzir de sobrancelhas do barão, o sobressalto que o tomara (e a mim), porque acudiu ansiosamente, com redobrada reverência:

81

– Que os meus senhores não suspeitem de mim! Aquele é um dos regimentos que eu comando! Mandei-o sair e desfilar, para prestar as honras aos que vêm do mundo das estrelas...

Esbocei um gesto e um sorriso de soberana indiferença. Realmente estava bem inquieto!

A povoação ficava à direita da estrada, separada dela por um declive de terreno areado e bem pisado, onde o regimento se formara em parada. Havia ali talvez uns três mil homens. E quando nos acercamos, pudemos ver, com admiração e assombro, de que esplêndida, de que formidável raça eram estes guerreiros cacuanas! Nenhum media menos de seis pés de altura; e todos veteranos de 40 anos, ágeis, experientes, prodigiosamente robustos, endurecidos por exercícios perpétuos. Sobre a cabeça todos traziam a coroa de altas e pesadas plumas negras, sempre tremendo ao vento. Em volta da cinta pendia-lhes um saião feito de rabos de boi, muito juntos uns aos outros e brancos; e no braço esquerdo sustentavam escudos redondos de ferro, recobertos de couro pintado de branco. Por armas tinham uma azagaia semelhante à dos Zulus e três facas (uma no cinto, duas em presilhas no escudo), facas enormes que eles chamam *tolas* e que arremessam a distâncias de cinquenta jardas e mais, com uma certeza terrível.

As companhias conservavam-se mais imóveis que estátuas de bronze. Porém, à medida que íamos passando em frente delas, cada oficial (que se distinguia por uma capa de pele de leopardo) dava um sinal; e os homens, brandindo a azagaia no ar, soltavam a saudação real, a grande voz: *Crum! Crum! Crum!*

Assim penetramos na povoação ao rumor de aclamações. A aldeia devia ter uma milha de circunferência e era defendida por um largo fosso e por uma alta estacada feita de troncos de árvores. Na porta central, do lado da estrada, havia uma ponte levadiça.

Parecia uma aldeia admiravelmente bem ordenada. Ao centro, entre árvores, corria uma ampla, extensa rua, cortada em ângulos retos por outras mais estreitas, formando séries de quarteirões, cada um dos quais alojava uma companhia. As cubatas redondas, feitas de uma grossa verga entrelaçada, findavam, à maneira das dos Zulus, por tetos de colmo em forma de zimbório agudo; mas, diferentes nisto das dos Zulus, tinham uma porta larga e fácil, e eram cercadas por uma varanda, cujo chão de cal dura rebrilhava ao Sol. Os dois lados da grande rua apinhavam-se de mulheres que tinham corrido de todas as cubatas para nos admirar. Era uma bela raça de mulheres, altas, airosas, esplendidamente feitas, com o cabelo mais ondeado do que encarapinhado, as feições por vezes aquilinas, e os beiços sempre finos. No entanto o que mais nos impressionou foi o seu ar grave e sério. Nem pasmo selvagem, nem risos, nem injúrias, ao verem-nos desfilar, tão estranhos e diferentes de todos os homens que até aí tinham encontrado. Nem mesmo a singular figura de John lhes arrancou uma exclamação; apenas os largos olhos negros se lhes arregalavam para as pernas níveas do pobre amigo, que, roído de vergonha, começou a praguejar baixo.

Quando chegamos ao centro da aldeia, Infandós parou em frente de uma espaçosa e rica cubata cercada de dependências menores, entre arvoredo. E com palavras grandiosas à maneira dos Zulus, ofereceu-nos a hospitalidade:

– Aqui habitareis, meus senhores. E não tereis de apertar o ventre com fome! Em breve vos traremos mel, leite, uma ou duas vacas, alguns carneiros. Não é muito, ó espíritos! Mas é dado por corações que se regozijam de vos ver.

– Bem, bem, Infandós – murmurei eu. – O que precisamos, sobretudo, é descansar, fatigados da nossa descida através dos espaços e dos reinos do ar.

A cubata era muito confortável, com erva aromática espalhada no chão, grandes peles servindo de leitos, e vistosos cântaros para a água. Daí a pouco entre cantos e risos apareceu à porta um bando de raparigas trazendo leite, mel em covilhetes, frutas em cestos, e atrás dois rapazes seguiam, arrastando um vitelo pelos cornos. Um dos rapazes tirando a faca do cinto, matou o vitelo de um golpe; e logo o outro ágil e destramente, o esfolou e retalhou.

Ajudado por uma das raparigas (que era extremamente bonita), Umbopa passou a cozer a carne numa panela de barro sobre uma alegre fogueira acesa à porta da cubata; e nós mandamos convidar Infandós e Scragga para partilharem do nosso repasto. Quando entraram, notei que, para comer, se não encruzavam no chão à maneira dos Zulus, mas se sentavam em pequenos bancos que abundavam na cubata encostados às paredes. O jantar foi longo e afável. O velho guerreiro todo ele exibia doçura e respeito. Mas o rapaz Scragga parecia olhar para nós, e para cada um dos nossos gestos, com singular desconfiança. Talvez ao ver que nós comíamos, bebíamos, e tínhamos as necessidades de qualquer cacuana, começava a suspeitar da nossa origem divina. Não me agradou este sentimento, tão real e lógico. Que nos poderia assegurar as vidas perdidos entre aquelas turbas negras, senão o terror supersticioso?

Depois de jantar acendemos os cachimbos, o que encheu os nossos amigos de espanto. Na terra dos Cacuanas, como na dos Zulus, a planta do tabaco cresce em abundância, mas eles só a sabem usar torrada e seca, pulverizada. Só conhecem o rapé. No entanto conversamos a respeito da nossa jornada. Infandós já tudo organizara para que ela continuasse na madrugada seguinte, mandando adiante emissários a prevenir Tuala da nossa chegada ao seu reino. Tuala estava então na sua grande cidade de Lu, preparando-se para a revista de tropas, a dança das flores e a "caça aos feitiços", que constituem a maior solenidade religiosa e militar dos Cacuanas, na primeira semana de junho. E segundo afirmava Infandós, nós devíamos (a não ser que nos detivessem os rios transbordados) entrar as portas de Lu ao fim de dois dias de marcha.

Depois, como começavam a luzir as estrelas e a aldeia ia caindo em silêncio, os nossos amigos deixaram a cubata. E três de nós atiraram-se logo para cima dos leitos de peles, enquanto outro, com as carabinas carregadas, velava, no seu turno de sentinela, para prevenir as traições. Mas essa primeira noite na terra dos Cacuanas foi muito calma e segura.

# O REI TUALA

Não me dilatarei nos incidentes da nossa jornada até Lu, que nem foram consideráveis nem pitorescos. Durante dois longos dias trilhamos a estrada de Salomão, por entre ricas terras cultivadas e alegres povoações que nos encantavam pelo seu ar florescente e calmo. A cada instante passavam por nós troços de gente armada, regimentos emplumados marchando também para a cidade, para o grande festival sagrado. No segundo dia, ao pôr do sol, paramos numa colina, que a estrada galgava por entre dois renques de árvores em flor, e embaixo, numa planície deliciosamente fértil, avistamos enfim Lu, a capital dos Cacuanas.

Para cidade de África era enorme; com seis milhas talvez de circunferência, toda ela defendida por estacadas, e rodeada de pomares e de vastas aringas, onde se aquartelavam tropas. Pelo centro corria um largo e claro rio, vadeado por pontes. Para o Norte, a duas milhas, erguia-se uma colina, que oferecia a forma singular de uma ferradura; e, mais longe, a umas sessenta milhas, surgiam bruscamente da planície, em triângulo, três serras isoladas, escarpadas, todas cobertas de neve.

– A estrada – explicou Infandós, vendo que contemplávamos com estranheza os três montes – acaba além nessas serras, que se chamam as Três Feiticeiras.

– E por que acaba além, Infandós?

– Quem sabe! – murmurou o velho, encolhendo os ombros. – As três montanhas estão todas furadas por cavernas. Há no meio delas uma cova imensa. É lá que se sepultam agora os nossos reis. E era ali que os homens antigos, que sabiam tudo, vinham buscar certas coisas...

– Que coisas, Infandós? – exclamei eu, cravando nele um olhar que sondava.

O velho sorriu, com uma grossa malícia de negro:

– Os espíritos que vêm das estrelas sabem decerto mais do que um cacuana...

– Com efeito! – acudi eu, num tom ciente e profundo. – E por isso te posso dizer, Infandós, que esses homens antigamente vinham procurar um feno amarelo que rebrilha, e umas pedras brancas que faíscam.

– Talvez fosse, talvez fosse! – balbuciou Infandós, embaraçado, afastando-se bruscamente para lançar uma ordem aos carregadores da bagagem.

– Acolá – disse eu aos meus companheiros, mostrando as Três Feiticeiras – estão as minas de Salomão.

Todos três, comovidos, ficamos a olhar aqueles montes tão próximos, onde jaziam ainda talvez (se o velho D. José da Silveira contara a verdade) os mais ricos tesouros da Terra... A que prodigioso momento chegara a nossa aventura!

De repente, quando assim pasmávamos, o Sol desapareceu e a noite caiu, sem transição, visivelmente, como uma coisa tangível. Naquelas latitudes não há crepúsculo. A Luz acaba como a chama de um bico de gás que se fecha; e, num instante, a terra toda fica envolta numa cortina de treva. Nessa ocasião, porém, durou pouco a escuridão, porque bem cedo a mais larga e esplêndida Lua que me lembro de ter visto subiu majestosamente nó céu, derramando uma tão sublime refulgência, tão divinamente serena, que, sem saber por que, cada um de nós tirou o chapéu, como num templo, ante uma imagem sagrada.

Infandós, porém, quebrou a nossa contemplação, dando o sinal de descer para a cidade, que, agora, batida de luar, cheia de lumes, parecia infindável através da planície. E daí a uma hora, tendo passado a ponte levadiça, entre piquetes de sentinelas a quem Infandós deu baixo o santo-e-senha, seguíamos calados pela rua central de Lu, toda ladeada de sombras de árvores e de senzalas onde se cozinhava. Levou uma hora antes de chegarmos à grade de um pátio redondo, com o chão muito batido e duro, todo caiado de branco. Em volta erguiam-se cubatas espaçosas, cobertas de colmo. Eram ali (segundo declarou Infandós) os nossos "humildes pousos".

AS MINAS DO REI SALOMÃO

Cada um de nós tinha, só para si, uma cubata. Havia dentro um grande asseio. Os leitos eram feitos com peles estendidas sobre enxergões de erva aromática. Uma esteira tapetava o solo. Tripeças pintadas alternavam com frescas vasilhas de água. Não podíamos esperar mais cuidadosa hospedagem! E apenas nos lavamos, sacudimos o pó, apareceu logo um bando de raparigas, das mais belas que até aí encontráramos no país, trazendo leite, carnes assadas e bolos de milho, em vistosos pratos de madeira.

Depois da ceia fizemos reunir todas as quatro camas na maior das cubatas (precaução que encheu de riso as raparigas), e não tardamos em adormecer com grata tranquilidade. Acordamos quando o Sol ia nado e a primeira e aprazível impressão que recebemos foi a do bando das raparigas, acocoradas no chão, a um canto, à espera que despertássemos "para nos ajudar a lavar e a vestir".

Quando uma delas, a mais alta (e que figura! Que braços!) fez esta amável oferta, o capitão John teve uma exclamação, um gesto de atroz desespero:

– Vestir! É bom de dizer! Quando uma pessoa não tem senão uma camisa e um par de botas!... E com estas raparigas todas, bonitas raparigas, aí por essa cidade. Não! Isto não pode continuar! Eu não arredo pé daqui da cubata, senão de calças! Quero as calças!

Vi o meu amigo tão decidido, que reclamei as calças. Mas uma das raparigas voltou daí a momentos, declarando que essas sagradas e maravilhosas relíquias tinham sido já mandadas ao rei!

O furor do nosso John foi imenso. Teve de se contentar em barbear a face direita; porque na esquerda não consentimos que ele eliminasse um só pelo à farta suíça que já lhe crescera. Aquela cara espantosa, rapada de um lado, barbuda do outro, era uma das evidências da nossa raça sobrenatural. Todos nós, de resto, tínhamos aspectos estranhos. Os cabelos do barão, amarelos e sempre longos, desciam-lhe agora até aos ombros, numa juba rude, que lhe dava o ar de um bárbaro dos tempos do rei Olof.

O almoço já esperava, fora, no terreiro, em caçoulas que fumegavam. Mas, primeiramente, quisemos tomar o nosso *tub,* atirar pelas costas alguns frios baldes de água. E o assombro, a desconsolação das raparigas foi considerável, quando lhes pedimos pudicamente que se retirassem cerrando a porta de vime...

Logo depois do almoço, Infandós apareceu anunciando que el-rei Tuala nos mandava saudar, e esperava a nossa comparência em palácio. Declarei imediatamente, com indiferença e altivez, que ainda nos achávamos cansados, tínhamos ainda um cachimbo a fumar, etc., etc.

Convém sempre, tratando com potentados negros, não mostrar pressa nem respeito. Tomam invariavelmente a polidez por pavor. De sorte que, apesar da nossa ansiedade em ver o terrível Tuala, retardamos nas cubatas uma farta hora, preparando, ao mesmo tempo, os escassos presentes que destinávamos ao rei e à corte: a espingarda do pobre Venvogel, um bocado de seda, alguns fios de contas de vidro. Afinal partimos, guiados por Infandós e seguidos por Umbopa, que levava as dádivas.

Ao fim de um curto quilômetro, chegamos a um imenso terreiro, com chão duro e caiado de branco como o das nossas moradas, e cercado por uma estacada baixa. Em redor, fora da estacada, corria uma fileira de cubatas, que (segundo nos informou Infandós) pertenciam às mulheres do rei; e ao fundo, fronteira à porta por onde entráramos, estendia-se uma construção, uma cubata enorme, com varas e plumas espetadas no teto de colmo, que era o palácio real. No recinto não crescia uma árvore; e todo ele estava nesse dia cheio de regimentos em forma, perfilados, imóveis, verdadeiramente magníficos, com os seus altos penachos, os escudos brancos, as lanças a rebrilhar.

Em frente à cubata real ficava um espaço vazio, com uns poucos de escabelos de madeira. A convite do bom Infandós, ocupamos três desses assentos privilegiados, tendo Umbopa por trás, de pé; e assim ficamos à espera, no meio de um silêncio absoluto, sentindo cravados sobre nós oito mil pares de olhos sôfregos. Finalmente a porta da cubata rangeu e surgiu dela uma figura gigantesca, com um esplêndido manto de peles de tigre lançado sobre o ombro, e uma azagaia na mão. Atrás dele vinha Scragga e uma outra criatura estranha, equívoca, que nos pareceu uma macaca; uma macaca velhíssima e friorenta, toda embrulhada em peles. A figura gigantesca abateu-se pesadamente sobre uma das tripeças de pau. Scragga permaneceu de pé, por trás, apoiado à lança. A velha macaca arrastou-se para a sombra que lançava a cubata real, e ali se acocorou lentamente.

O mesmo silêncio continuava no entanto opressivo, aflitivo. Então a figura gigantesca arrojou o manto que a envolvia, e ergueu-se, oferecendo às vistas a sua real pessoa, verdadeiramente terrífica! Nunca em minha longa vida encarei um homem mais repulsivo. E ainda às vezes revejo, ante mim, aquela face horrível com os beiços muito grossos, ressudando sensualidade, as ventas enormes e chatas de fera, e o olho único (porque o outro era apenas um buraco negro) atrozmente brilhante, de um brilho frio e cruel. Uma cota de malha reluzente cobria-lhe o corpo formidável. Da cinta pendia-lhe o saião do uniforme, feito de rabos brancos de boi. Ao pescoço trazia uma gargaleira de ouro; e da testa, onde luzia um enorme diamante bruto, subia-lhe, ondeando no ar, um tufo esplêndido de plumas de avestruz.

O silêncio ainda pesou, mais profundo, diante daquela presença assustadora! Mas de repente o monstro (que logo compreendemos ser Tuala, o rei) levantou a lança no ar. Oito mil lanças faiscaram ao Sol. E de oito mil peitos rompeu, atroando o céu, a grande aclamação real: "*Crum! Crum! Crum!*". Depois, no silêncio que recaíra, vibrou uma voz, agudíssima, estrídula, horripilante, e que parecia vir da macaca agachada à sombra:

– Treme e adora, ó povo! É o rei!

E oito mil peitos de novo atroaram o céu, bradando:

– E o rei! É o rei! Treme e adora, ó povo!

E tudo de novo emudeceu. Mas quase imediatamente, ao nosso lado, houve um ruído de ferro batendo sobre pedra.

Era um soldado que deixara cair o escudo.

Tuala dardejou logo o olho cruel para o sítio onde o som retinira:

– Avança tu! – berrou, num tom trovejante.

Um soberbo rapagão saiu da fileira, ficou perfilado.

– Cão infernal! – rugiu o rei. – Foste tu que deixaste cair o escudo? Queres que eu, teu chefe, seja escarnecido pelas gentes que vêm das estrelas!

– Foi sem querer, ó mestre das artes negras! – acudiu o rapaz, cuja pele fusca parecia empalidecer.

– Pois, também sem querer, vais morrer!

O soldado baixou a cabeça e murmurou simplesmente:

– Eu sou a rês do rei!

– Scragga! – bramiu Tuala. – Mostra como sabes usar bem a lança. Vara-me aquele cão!

O odioso Scragga deu um passo para diante, com um sorrisinho feroz, e levantou o dardo. O desgraçado tapou a face, e esperou, imóvel. Nós nem respirávamos, petrificados. "Um, dois, três!" Scragga soltou a lança. O soldado atirou os braços ao ar, caiu morto.

Dentre os regimentos saiu então um longo murmúrio que rolou, ondulou, se esvaiu por fim no silêncio.

O barão, lívido de indignação, agarrara a espingarda das mãos de Umbopa. E eu, aflito, tive de o agarrar a ele, lembrar que as nossas vidas estavam à mercê do rei, e que éramos quatro contra todo um reino.

Tuala, no entanto, sorria sinistramente:

– O golpe foi bom. Arrastem para fora o cão morto.

Quatro homens saíram da fileira, levaram o corpo.

E então a mesma voz esganiçada, sibilante, horrível (que evidentemente era da macaca) cortou o ar:

– A palavra do rei foi dita! A vontade do rei foi feita! Treme e adora, ó povo! E cobri bem depressa as manchas de sangue. A palavra foi dita, a vontade foi feita!

Uma rapariga saiu de trás da cubata real com um vaso de louça, e, atirando dele cal às mãos-cheias, escondeu as nódoas horríveis. Tuala permanecia imóvel, como um ídolo.

Por fim, lentamente, voltou para nós a face medonha.

– Gente branca! – disse ele. – Gente branca, que vindes não sei de onde, nem sei a quê, sede bem-vinda!

– Bem estejas, rei dos Cacuanas! – respondi eu, com dignidade.

Houve um silêncio, através do qual ficamos imóveis, sentados, com os olhos cravados no monstro.

– Gente branca – volveu ele –, que vindes vós procurar aqui?

– Vimos do mundo das estrelas, ó rei! Não indagues como, nem para quê. São coisas muito altas para ti, Tuala.

O rei franziu a face, de um modo inquietador:

– Altas me parecem as vossas palavras, gentes das estrelas!... Não esqueçais que as estrelas estão longe e a minha vontade está perto... Pode bem ser que saiais como aquele que agora levaram.

Era necessário ostentar um soberbo desdém da ameaça. Comecei por lançar uma risada, muito cantada (e na verdade muito forçada):

– Ó rei, tem cautela! Não caminhes sobre brasas, que podes escaldar os pés! Toca num só dos nossos cabelos e a tua destruição está certa. Não te disseram estes – e apontei para Infandós e Scragga – que espécie de homens nós somos, e que grandes artes temos? Viste tu alguém como nós, entre os filhos dos homens?

– Nunca vi – murmurou ele.

– Não te contaram esses como nós damos a morte de longe, através de um trovão?

– Não creio! – exclamou Tuala, batendo fortemente o joelho. – Mostrai-me primeiro, vós mesmos, a vossa arte. Matai um desses homens que estão além – apontava uma companhia de soldados magníficos, junto à porta da aringa – e eu prometo acreditar!

Repliquei que não derramávamos nunca sangue de homem, senão em justo castigo. Mas que o rei soltasse um boi para dentro do pátio, através dos soldados, e antes de ele correr vinte passos, cairia morto, de chofre. O rei rompeu a rir.

– Um boi! Um boi!... Não, matai um homem para eu acreditar!

– Perfeitamente! – exclamei eu, com tranquilidade. – Ergue-te tu, ó rei, caminha através do pátio, e antes de chegares ao portal da aringa rolarás morto no chão. Ou, se não queres ir tu mesmo, manda teu filho Scragga. A isto, Scragga deu um grito, lançou um pulo, e fugiu para dentro da aringa real. Perante a estranha audácia com que lhe propúnhamos, para mostrar as nossas artes mágicas, matar um príncipe ou um boi, à sua escolha. – Tuala ficou esgazeadamente perplexo. O seu olho coruscante ora se pousava em nós, ora no chão.

Depois, num tom surdo:

– Bem, que enxotem uma vaca para dentro do pátio! Dois homens, imediatamente, largaram correndo.

– Barão – disse eu ao nosso amigo –, chegou a sua vez. Mate a vaca. Não quero que imaginem que só eu sei fazer as maravilhas.

O barão tomou a carabina *Express*, e esperou, no fundo silêncio que se alargara. Por fim, à porta da aringa, houve um ruído; e vimos entrar por ela, correndo, enxotada, uma grande vaca ruça. Ao avistar a multidão, o animal estacou, olhou estupidamente, deu uma volta lenta, e mugiu.

– Agora! – gritei ao barão, vendo a vaca de lado e em bom alvo.

*Bum!* O tiro partiu, a vaca tombou, varada no coração. De toda a enorme soldadesca se exalou um murmúrio de admiração e terror.

– Então menti, rei Tuala? – exclamei, fitando o monstro com altivez.

– Não, é verdade – rosnou ele.

Baixara o olho cruel, parecia atemorizado. Eu continuei, com soberana confiança:

– Escuta, Tuala! Na arte mágica de destruir, ninguém nos vence. Destruímos de longe a vida dos homens, e a vida dos animais... E as próprias armas, os ferros mais duros, reduzimo-los de longe a estilhaços. Escuta! Manda cravar além no chão, com a ponta do ferro voltada para cima, essa lança que tens na mão, a tua própria lança, que nunca foi vencida, ó Tuala! Manda, e eu te mostrarei!

Espantado, o rei cedeu. Um soldado cravou no chão, ao fundo da aringa, a lança real, com a ponta faiscando no ar, sob um raio de Sol.

– Bem – disse eu. – Agora, vê em que estilhas vai ficar a tua lança invencível.

Apontei, disparei; a bala bateu na folha da lança e separou-a em bocados. Um sussurro maior, de assombro, rolou através do terreiro.

Dei então um passo para o rei, com a carabina na mão.

– Tuala, este tubo mágico que troveja e destrói é um presente que te fazemos. Se te mostrares leal conosco, ensinar-te-emos o segredo de o usar e de vencer com ele. Mas se descobrirmos traição em ti, esse próprio tubo se voltará contra o teu peito, e serás como a vaca morta ou como a lança partida. Aqui tens.

E estendi-lhe a arma. Ele tomou-a com desconfiança, com uma seca antipatia, e pô-la no chão, aos pés, devagar. Nesse instante, aquela figura

## AS MINAS DO REI SALOMÃO

estranha que o acompanhara e que me parecera uma velha macaca, deu um guincho e surgiu da sombra da cubata real, onde permanecera agachada. Muito devagar, muito devagar, vinha caminhando nas quatro patas, mas quando chegou defronte do rei, ergueu-se subitamente, arrojou de si a longa cobertura de peles que a envolvia, e mostrou, aos nossos olhos atônitos, um vulto extraordinariamente sinistro e quase fantástico. Era uma mulher, evidentemente, uma mulher velhíssima, tendo passado todos os limites conhecidos da vida humana. A face que voltou para nós estava reduzida ao tamanho de uma facezinha de criança, de uma criança de um ano, toda em rugas profundas, ressequidas, duras e amarelas, como se fossem entalhadas em marfim. A boca já não se via, de sumida, entre o queixo saído para fora e extremamente agudo, e a testa proeminente, lívida, com duas sobrancelhas ainda espessas e todas brancas. A cabeça, de fato, pareceria a de um cadáver curtido ao Sol, se os olhos grandes não refulgissem com intenso fogo e vida. Mas a hediondez principal daquele semblante estava no crânio, todo nu, pelado, liso como uma bola, e a que ela fazia mover e enrugar a pele, da mesma forma que as cobras contraem e movem o capelo.

Não se podia contemplar aquela criatura sem um arrepio de horror. Durante um momento, o estranho monstro permaneceu imóvel; depois estendeu lentamente um braço descarnado, a mão seca de Parca, verdadeira garra armada de unhas longas a recurvas, e começou, numa voz silvante que regelava:

– Rei Tuala, escuta! Povo, escuta! Montes, rios, céus, coisas vivas e coisas mortas, escutai! Escutai, escutai, que o espírito desceu dentro de mim e eu vou profetizar!

As sílabas findaram num uivo longo e triste. Toda a multidão, que enchia a aringa, parecia gelada de terror. E eu mesmo, que vira tantas vezes na África os esgares e as declamações das feiticeiras, senti não sei que peso no coração. A velha era decerto terrífica.

– Som de passos, som de passos que vem! – prosseguiu ela, com a garra trêmula no ar. – São os passos da gente branca que vem de longe! É a terra que treme sob os passos dos brancos. Cheiro a sangue, cheiro a sangue!

São rios de sangue que vão correr. Eu já os vejo, já os sinto. Toda a terra está vermelha, todo o céu fica vermelho! Os leões lambem sangue por toda a parte! Os abutres batem as asas de alegria!

Parou um momento. Os olhos rebrilhavam-lhe como lumes. Depois soltou um grito longo, como uma ululação sepulcral.

– Sou velha! Velha! Velha! Tenho visto correr muito sangue. E hei de ver correr muito ainda, e dançar de gozo! Que idade pensais vós que eu tenho? Os vossos pais já me conheceram; e os pais dos vossos pais; e os outros pais que geraram a esses. Tenho visto muitas coisas, aprendi muitas coisas. Já vi o branco, e sei o desejo que ele tem no coração. Quem fez a grande estrada que desce dos montes? Quem gravou as figuras nas rochas? Não sabeis. Mas eu sei! Foi um povo branco, que estava aqui antes de vós virdes, que voltará e vos destruirá e ficará aqui quando vós fordes, como a nuvem de pó que passou!

E de repente, deu um passo, com os dois braços, as duas garras recurvas estendidas para nós:

– Que vindes aqui fazer, gente branca? Vindes das estrelas? Das estrelas! Ah! Ah! Vindes procurar um como vós? Não está aqui. E o que veio, há muito, há muito, veio só para morrer. São as pedras que brilham que vós procurais? Eu conheço o vil desejo do coração do branco. Procurai, procurai! Talvez as acheis quando o sangue secar. Mas voltareis vós às estrelas, ou ficareis aqui comigo?

Depois, com arremesso terrível, voltando-se para Umbopa, que as suas garras estendidas pareciam querer despedaçar.

– E tu, tu que tens a pele escura, quem és, que procuras aqui? Não as pedras que brilham, nem o metal que reluz! Ah, parece-me bem que te conheço! Ó céus! Ó montes! Serás tu?... Eu conheço, eu conheço pelo cheiro o sangue que tens nas veias! Desaperta essa cintura...

Um momento, ficou como esgazeada em face de Umbopa. E subitamente, batendo os braços no ar, caiu no chão, como morta.

Um bando de raparigas surdiu da cubata, levou nos braços a feiticeira. Tuala erguera-se sombriamente. Todo ele tremia. Lançou um gesto; e uns após outros os regimentos começaram a desfilar, até que todo o pátio ficou vazio e rebrilhando ao Sol.

## AS MINAS DO REI SALOMÃO

Então Tuala voltou-se para nós, com a face pavorosamente franzida:

– Gente branca! Gagula anunciou males estranhos! Está-me a parecer que vos devo matar.

Eu sorri, com superioridade.

– Ó rei, tu viste a vaca. Queres tu ser como a vaca?

– Ó gentes, vós ameaçais o rei! – volveu ele, cerrando os punhos.

– Não ameaço. Digo só que tão fácil é às nossas artes matar uma vaca, como matar um rei. Pensa e treme, Tuala!

O enorme bruto levou os dedos à testa, refletindo.

– Ide em paz! – disse por fim. – Esta noite é a Grande Dança. Vireis e vereis. Não tenhais medo que eu vos arme ciladas. E amanhã decidirei.

– Está bem, Tuala – gritei eu, com um grande gesto. E, acompanhados por Infandós, recolhemos à nossa aringa. Quando chegamos às cubatas, depus num escabelo o revólver, e voltando-me para Infandós, que entrara conosco:

– O teu rei Tuala é um monstro, Infandós!

O velho guerreiro teve um suspiro.

– Ai de mim! Toda a nação geme com as suas crueldades, meu senhor! Vereis esta noite. É a grande caça aos feitiços; vem Gagula e as suas "farejadoras" farejar, adivinhar quem são, dentre os guerreiros e o povo, os que meditam ou já cometeram feitiços e malefícios. Se o rei apetece o gado de um vizinho, ou o detesta, ou teme que ele se lhe torne infiel, Gagula ou uma das "farejadoras" aponta para esse homem, e o homem é logo morto... Quem sabe? Talvez hoje mesmo me chegue a minha vez. Até aqui Tuala tem-me poupado em respeito à minha experiência das armas, e porque os soldados me amam. Mas quem sabe? Tuala é cruel, a terra toda sofre e está cansada dele!

– Mas, pela luz das estrelas, por que não depondes vós ou matais essa fera?

Infandós encolheu os ombros:

– É o rei!... E o filho que lhe sucederia, Scragga, tem ainda o coração mais negro, pesaria sobre nós com mais furor. Se Imotu não tivesse sido morto, e se Ignosi, o filhinho dele, não tivesse acabado também no deserto com a mãe, então havia uma esperança no reino! Mas assim...

De repente (e ainda me parece incrível que eu tivesse assistido a lance tão romanesco, tão semelhante aos que se leem nos contos de grande enredo), de repente ergueu-se uma voz da sombra da cubata:

– E quem te diz a ti que Ignosi morreu?

Todos nos voltamos, espantados. Era Umbopa.

– Que queres tu dizer? Que tens tu a falar, rapaz? – gritou Infandós, que, como velho chefe de sangue real, detestava familiaridades.

Umbopa deu para nós um passo lento:

– Escuta, Infandós. Não é verdade que o rei Imotu foi morto, e que a mulher e o filho desapareceram? Não é verdade que correu então voz de ambos se terem perdido e morrido nas montanhas?

Com um gesto, Infandós concordou.

– Escuta! Nem a mãe nem o filho morreram. Galgaram as montanhas, atravessaram as grandes areias guiados por uma turba errante, entraram de novo em terras de relva e água, viajaram durante muitas luas, e foram ter a um povo dos Amazulos, que é da raça dos Cacuanas. Escuta ainda! O filho cresceu, a mãe morreu. O filho cresceu, e serviu nas guerras dos Amazulos. Depois foi ao país dos brancos e aprendeu as artes dos brancos; trabalhou com as suas mãos, meditou dentro do seu coração; e sabendo que homens fortes vinham para o Norte, tomou serviço com eles, atravessou outra vez as grandes areias, galgou de novo as serras de neve, pisou terra dos Cacuanas e está na tua presença, Infandós!

E subitamente, arrancando a tanga que o cobria, ficou nu diante de nós, com os braços abertos, gritando:

– Sou Ignosi, legítimo rei dos Cacuanas!

Infandós precipitara-se sobre ele, com os olhos fora das órbitas, a examinar-lhe o ventre onde corria, numa tatuagem azul, o desenho de uma cobra que lhe dava volta à cinta e juntava a boca com o rabo, logo debaixo do umbigo. Esta tatuagem é a marca, o emblema real, que se grava a tinta azul, logo ao nascer, no legítimo herdeiro do reino. E a evidência lá estava, certamente irrecusável, porque Infandós caiu sobre os joelhos, bradando:

– *Crum! Crum!* É o filho de Imotu! É o rei! É o rei!

Umbopa acudiu:

# AS MINAS DO REI SALOMÃO

– Ergue-te, meu tio Infandós, que ainda não sou rei! Mas com a tua ajuda, e a destes homens fortes com quem vim, posso ser rei! Diz, pois. Queres pôr a tua mão na minha e ser o meu homem? Queres correr comigo os perigos que haja a correr para derrubar Tuala, o usurpador, o coração de fera? Diz.

O velho Infandós pousou dois dedos na testa e pensou. Depois tornou a ajoelhar diante de Ignosi, pôs a sua larga mão na mão dele, e murmurou, lentamente, como na fórmula de um cerimonial:

– Ignosi, legítimo rei dos Cacuanas, ponho a minha mão na tua mão, e até morrer sou teu homem!

Nós, de pé, em redor, ficáramos verdadeiramente atônitos! O barão e o capitão John só muito vagamente compreendiam o maravilhoso lance. Tive de lhes traduzir, desenrolar os detalhes. E ambos exalavam o seu assombro em exclamações, contemplando Umbopa, quando ele nos interpelou, com um gesto que começava a ser régio:

– E vós, homens brancos de quem comi o pão? Quereis vós ajudar-me também? Nada tenho que vos oferecer em troco do vosso braço forte. Mas essas pedras brancas que reluzem, e que vós amais, se, como rei, eu as vier a possuir, podereis levá-las tantas quantas quiserdes. Basta isto?

Traduzi de novo aos meus amigos esta deslumbrante oferta. O barão franziu o sobrolho:

– Quartelmar, diga-lhe que um inglês não se vende por diamantes. Mas de graça, porque sempre o achei leal, porque gosto dele, e porque me apetece derrubar esse monstro de Tuala, estou pronto a ajudar Umbopa com o pouco que posso, que é o meu braço. E tu, John?

O capitão encolheu os ombros:

– Que lhe havemos nós de fazer? Além disso, homem que não briga enferruja. Em todo o caso, ponho uma condição: quero as calças.

Comuniquei essas adesões a Umbopa, que apertou ardentemente as mãos dos meus dois amigos.

– E tu, Macumazã, mestre da caça, olho vigilante, mais fino que o búfalo, estarás tu também por mim?

Cocei a cabeça, pensativamente:

– Eu te digo, Umbopa, ou Ignosi, ou o que és; eu não gosto de revoluções... Sou um homem de ordem e de mais a mais um covarde. Escusas de te rir, sei perfeitamente o que digo, sou um covarde. Por outro lado, tenho por costume ser fiel a quem me foi fiel; e tu, nesta jornada, andaste sempre como um servo dedicado e bravo. Portanto, às ordens! Mas há uma coisa. Eu sou um pobre caçador de elefantes e tenho de ganhar a minha vida. Tu falaste aí nos diamantes. Eu aceito os diamantes. Se lhes pudermos lançar mão, aceito-os, quantos mais e mais graúdos, melhor! Não é que eu acredite muito neles. Mas, se aparecerem, desde já te prometo que, com licença tua, hei de abarrotar as algibeiras...

– Tantos quantos puderes levar! – exclamou Umbopa radiante. E já se voltava para Infandós, naquele triunfal entusiasmo de pretendente a quem as adesões afluem quando eu o interrompi vivamente:

– Alto! Temos ainda outra, Ignosi. Nós viemos, como tu sabes perfeitamente, à procura do irmão do Incubu – era a alcunha do barão, em zulu. – Quero que me prometas que hás de fazer tudo o que puderes, como rei, para nos ajudar a encontrá-lo... Começa por te informar agora com teu tio Infandós.

Ignosi pousou os olhos em Infandós, com singular majestade:

– Meu tio Infandós, em nome do emblema sagrado que me envolve a cinta, e como teu rei legítimo, intimo-te a que me digas a verdade. Houve já algum homem branco que, antes destes, tivesse vindo à terra dos Cacuanas?

– Nunca, meu senhor!

– E poderia algum ter vindo, sem que tu o soubesses?

– Nenhum poderia ter vindo sem que eu o soubesse.

O barão deu um longo suspiro.

– Bem! Bem! – exclamei logo, para lhe não matar de todo a esperança, e cortar os tristes pensamentos. – Quando Ignosi for rei, teremos então mais facilidade de procurar o irmão do Incubu, até aos confins do reino, e nas terras que estão além! Agora vamos ao que urge. Que plano tens tu, Ignosi, para recuperar a coroa'? Porque enfim, meu rapaz, é bom ser rei de direito divino, mas...

– Não tenho plano. E tu, meu tio Infandós?

Infandós pensou um instante, com a barba sobre o peito.

– Esta noite – disse ele por fim – é a caça aos feitiços. Muitos vão morrer, e em muitos outros mais recrescerá o ódio contra Tuala. Depois da dança, falarei a alguns dos grandes chefes que podem dispor de regimentos. É necessário que os chefes te venham ver, Ignosi, se convençam com seus olhos que és o rei. E se eles puserem as mãos nas tuas, amanhã tens vinte mil lanças para combater por ti. Porque a guerra é certa. Depois da dança, se eu viver, se todos vivermos, virei aqui, para combinar na escuridão. Mas a guerra é certa!

Neste momento houve fora do terreiro um brado, anunciando que se avizinhavam mensageiros do rei. E três homens entraram, cada um deles trazendo erguida nas mãos uma cota de malha, que rebrilhava como prata, e uma magnífica acha de batalha.

Um arauto que os precedia exclamou, batendo no chão com o conto da lança:

– Presentes de Tuala, o rei, aos homens que vêm das estrelas!

– Agradecemos ao rei – volvi eu secamente. – Ide!

Apenas os homens partiram, examinamos as cotas com grande interesse. Eram maravilhosas, de uma malha tão fina, tão cerrada, tão elástica e macia, que uma armadura toda podia caber no côncavo das suas mãos. Perguntei a Infandós se eram fabricadas no país.

– Não, meu senhor, são coisas que existem há muito, e que herdamos de pais para filhos. Já muito poucas restam. Só os de sangue real as podem usar. E o rei que as mandou, é que está muito contente ou que está muito assustado. Em todo o caso não há feno que as atravesse, e bom será, meus senhores, que as useis esta noite na dança.

Quando Infandós saiu, ficamos conversando neste estranho incidente, que transformava a nossa pacífica jornada numa aventura política. Como notou o barão, fora este, decerto, desde a nossa partida do Natal, um dos dias mais ricos de emoções e surpresas.

– Extraordinário – disse o capitão. – Tem de ser registrado no "livro de bordo".

Chamava ele "livro de bordo" a um almanaque do ano, com folhas brancas intercaladas, onde costumava assentar os episódios da nossa espantosa empresa.

– Que dia é hoje? – perguntou ele, sentando-se, com o almanaque sobre o joelho.

– Três de julho.

O barão e eu voltáramos a examinar as dádivas de Tuala quando, daí a instantes, o capitão exclamou com os olhos no almanaque:

– É curioso! Amanhã, 4 de julho, há um eclipse total, visível em toda a África! Deve começar às duas e quarenta minutos... Bom terror vão ter os pretos!

Escassamente demos atenção àquela notícia; e como o capitão findara de escrever, preparamo-nos para partir a grande dança, porque o Sol já descia, e já ia fora um rumor de regimentos passando. Pelo prudente conselho de Infandós envergamos as cotas de malha, que achamos confortáveis e leves. A do barão, homem de forte estatura, vestia-o como uma pelica; a do capitão e a minha dançavam-nos sobre as costelas, com pregas pouco marciais.

A Lua surgia, magnificamente clara, quando Infandós apareceu, com todas as suas plumagens e armas de gala, acompanhado de vinte guerreiros, para nos escoltar ao palácio. Afivelamos os revólveres à cinta, empunhamos as achas de guerra, e largamos, comovidos de maneira considerável.

No terreiro, onde estivéramos de manhã, encontramos a mesma formidável parada de regimentos, perfazendo talvez vinte mil homens, mas formados de modo que entre cada companhia ficava um carreiro aberto "para as farejadoras de feitiços" (como nos foi explicando Infandós). Não havia outra luz além da Lua, cheia e lustrosa, que punha longas fieiras de faíscas nos ferros altos das lanças. Daquela escura massa de homens, do luar, do silêncio, saía uma indefinível impressão de majestade e tristeza.

– Está aqui todo o exército? – murmurei eu para Infandós.

– Um terço, não mais, meu senhor. Outro terço ficou nas guarnições. E o outro está fora, em torno ao palácio, para o caso de sedição, quando começar a matança...

– Escuta, Infandós! Achas que corremos perigo?

– Não sei, espero que não... Mas não mostreis medo! E se escaparmos com vida esta noite... quem sabe? Talvez amanhã Tuala seja como o raio que feriu e se apagou.

Íamos no entanto caminhando, através dos regimentos mais imóveis que bronzes, para o espaço vazio diante da cubata real, onde havia, como de manhã, uma fila de escabelos de honra. E ao mesmo tempo outro grupo, com um brilho e ruído de armas, saía da aringa real.

– É Tuala – disse baixo Infandós – e Scragga, e Gagula, e os homens que matam.

Os "homens que matavam" eram uns doze negros gigantescos, de faces hediondas, com plumagens vermelhas, armados de facalhões e de azagaias pesadas.

– Bem-vindos, gentes das estrelas! – gritou logo Tuala, abatendo-se pesadamente sobre um escabelo. – Sentai, sentai! E não percamos o tempo, que a noite é curta para as grandes coisas que têm de ser feitas. Olhai em roda, e dizei-me se nas estrelas tivestes jamais tantos valentes juntos... Mas vede também como eles já tremem, os que abrigam maldade no seu coração!

– Começai! Começai! – ganiu na sua silvante voz Gagula, que se agachara aos pés do rei. – As hienas têm fome de ossos, os abutres têm sede de sangue... Começai! Começai!

Houve durante momentos um silêncio lúgubre, que pesava horrivelmente, como um prenúncio de matança e de horror. O rei então agitou a lança. Imediatamente vinte mil pés se ergueram, e três vezes, em cadência, bateram nó chão que tremia. Depois, lá ao fundo, dentre as densas e escuras filas de homens, subiu ao ar um canto solitário, arrastado, plangente, infinitamente triste, findando neste estribilho:

> *Qual é a sorte, sobre a terra,*
> *De quem teve de nascer?*

E os regimentos todos volviam, numa única, grande e rolante voz:

*Morrer!*

Mas pouco a pouco, as companhias, umas após outras, foram entoando uma estrofe de canção, até que toda a vasta multidão armada formava um coro; coro bárbaro, rude, informe, onde todavia, por vezes, distinguíamos como conscientes expressões de sentimentos, notas suaves e lentas de amor, brados triunfais de guerra, cânticos solenes de oração. Depois os cantos vários fundiam-se num lamento único, contínuo, ululado, como de um povo num funeral. De repente tudo estacava. E de novo o lúgubre estribilho gemia no ar:

*Qual é a sorte, sobre a terra,*
*De quem teve de nascer?*

E de novo a multidão clamava, num uníssono desolado:

*Morrer!*

O canto por fim findou, um sombrio silêncio caiu, o rei levantou as mãos. Imediatamente, sentimos como o trote ligeiro de pés de gazelas; e, dentre os profundos renques dos soldados, apareceram correndo para nós estranhas e medonhas figuras. Percebi que eram mulheres, quase todas velhas, pelos longos cabelos brancos e soltos que lhes batiam às costas. Traziam as faces pintadas às listras brancas e vermelhas; dos ombros pendiam-lhes, esvoaçando, e misturadas às madeixas, longas peles de serpente; em torno à cinta caíam-lhes como berloques de ossos humanos, que chocalhavam sinistramente, e cada uma brandia na mão uma curta forquilha.

Ao chegarem em frente a Gagula pararam, ferindo o chão com as forquilhas. E uma, a mais alta, alargou os braços, gritou:

– Mãe, aqui estamos!

– Bem, bem – ganiu o decrépito monstro. – Tendes hoje os olhos bem claros, Isanusis?

– Bem claros, ó mãe!

– Tendes hoje os ouvidos bem abertos, Isanusis?

– Bem abertos, ó mãe!

– Ide então! Farejai, farejai! Entre esses todos descobri os que querem mal ao seu vizinho, os que possuem o gado indevido, os que tramam contra o rei, os que devem morrer por ordem de "cima"! Farejai! Vede os pensamentos que se não mostram, ouvi as palavras que se não dizem! Ide, meus lindos abutres! Os homens das estrelas têm fome e sede de ver a grande Justiça! Agora!

Com uivos horrendos, as sinistras criaturas dispersaram correndo, para todos os lados, através das fileiras armadas. Não as podíamos seguir a todas, na sua obra mortal. De sorte que, por mim, cravei a atenção na que ficou junto de nós, uma velha, esgalgado feixe de ossos, que deitava lume pelos olhos. Quando esta harpia chegou em frente aos soldados, parou *farejando*. Depois rompeu a dançar, girando sobre si mesma, tão rapidamente que as longas grenhas soltas pareciam uma estrela feita de estrigas de linho a redemoinhar pelo ar. No entanto ia gritando por entre silvos de alegria: "Já o farejo, o homem do mal! Ali está ele, o que envenenou a mãe! Acolá treme o que pensou mal do rei!".

E, cada vez mais vertiginosamente, vinha girando, girando, até que a espuma lhe saía aos flocos da boca e os ossos lhe rangiam alto! De repente estacou, hirta, tesa, como petrificada. Depois, devagar, devagar, como uma fera que rasteja, avançou de forquilha estendida para a fileira de soldados, que visivelmente se encolhiam num indominável terror. Parou ainda, outra vez tesa e hirta. Por fim, com um brado estridente, arremeteu, e bateu com a forquilha no peito de um rapaz soberbamente forte. Dois camaradas de imediato o agarraram pelos braços, o empurraram para defronte do rei. O desgraçado caminhava sem resistência, inerte, já morto na alma. O bando dos executores avançara a passos graves.

– Mata! – disse o rei.

– Mata! – ganiu Gagula.

– Mata! – rugiu Scragga.

E antes que as palavras se perdessem no ar, o miserável tombara morto, com uma azagaia cravada no peito, o crânio aberto por uma pancada de clava.

– Um – contou Tuala, sorrindo com satisfação.

Mal findara o feito horrível, já outro soldado era arrastado como uma rês; um chefe decerto, porque lhe pendia dos ombros a capa de pele de leopardo. Dois golpes de facalhão, vibrados com destreza, bastaram para o acabar sem um suspiro.

– Dois! – contou o rei.

E assim até cem! Até cem! E nós ali, aterrados, imóveis, impotentes para suster a carnificina, maldizendo surdamente a nossa impotência! Eu findara por fechar os olhos. À meia-noite, enfim, houve uma suspensão. As farejadoras, esfalfadas, em grupo defronte do rei, limpavam lentamente o suor. Respirei, num infinito alívio, supondo que findara todo este incomparável horror. Mas de repente, com desagradável surpresa, descobrimos Gagula, erguida, apoiada num cajado, dando alguns passos que tremiam e lhe sacudiam o crânio calvo de abutre. Coisa pavorosa, ver o velhíssimo monstro, ordinariamente vergado em dois pela decrepitude, ganhando alento, remoçando quase, já direito, já vibrante, à medida que se acercava da fileira dos homens, a recomeçar por gosto próprio a obra sinistra das "farejadoras"! Mas nela o estilo era diferente. Não dançava, não uivava. Dando umas corridinhas curtas, aqui e além, cantava baixinho e tristemente, como para se embalar. Assim trotou, assim cantarolou, até que, de repente, se precipitou sobre um magnífico velho, perfilado em frente a um regimento, e tocou-o silenciosamente com o cajado. Um murmúrio de dor, de contida indignação, correu entre os soldados que ele evidentemente comandava. Todavia dois deles, empolgando-lhe os pulsos, arrastaram-no como um boi para o açougue. Soubemos depois que era um chefe de grande riqueza e de grande influência, primo do rei. Foi trucidado com azagaia, facalhão e clava, e Tuala contou "cento e um...".

Quase imediatamente Gagula, depois de alguns saltinhos curtos de macaca, começou a avançar para nós, num movimento muito lento de valsa, que era medonho na repulsiva bruxa.

As Minas do Rei Salomão

– Justos Céus! – murmurou o capitão John. – Querem ver que, agora, é conosco!

– Tolice! – acudiu o barão, pálido todavia.

Eu por mim senti um suor frio na espinha. E Gagula, cada vez mais perto, com os olhos a saltar-lhe do crânio, um fio de baba na boca.

Por fim estacou, como um perdigueiro que avista a caça.

– Qual será? – murmurou o barão.

Como se lhe respondesse, a velha deu um pulo, e tocou Umbopa (ou Ignosi) sobre o ombro.

– Morte! – gritava ela. – Morte! Cheiro-lhe o sangue! Está cheio de malefício e de traição. Mata-o depressa, é rei, mata-o depressa antes que por ele gema em desgraça o reino!

Houve um silêncio, um pasmo. E nem sei como (porque sou realmente um covarde) achei-me diante de Tuala, falando com soberana firmeza:

– Este homem, ó rei, é o servo dos teus hóspedes, e quem deseja o seu sangue é como se desejasse o nosso! Pela lei de hospitalidade, que cumpre aos reis manter, exijo a tua proteção para ele!

Tuala franziu o sobrolho:

– Gagula, mãe das Isanusis, sabedora das artes, cheirou-lhe a traição dentro das veias. O homem tem de morrer, ó brancos!

– Quem lhe tocar – exclamei, batendo furiosamente com o pé no chão – é que tem de morrer!

– Agarrem-no! – bradou Tuala aos carrascos que esperavam em roda, já todos manchados de sangue.

Dois brutos romperam para nós, mas hesitaram. Ignosi erguera a azagaia, decidido a morrer combatendo.

– Para trás, cães! – berrei eu, num tom tremendo. – Tocai num só cabelo do homem, e vós mesmos, e a vossa feiticeira, e o vosso rei, não vereis mais a luz do dia!

E bruscamente apontei o revólver a Tuala. O barão tinha já o seu erguido contra um dos carrascos; e John marchava sobre Gagula.

Houve um instante de indizível assombro.

– Decide depressa, Tuala! – gritei, tocando-lhe quase a testa com o cano do revólver.

O monstro, visivelmente apavorado, rosnou, num tom surdo:

– Tirai para lá os vossos canos mágicos! Invocastes as leis da hospitalidade, e só por amor delas, não por medo de vós, poupo a vida a esse cão... Ide em paz.

– Está bem, Tuala! E lembra-te sempre que contra os homens das estrelas nada podem os homens da Terra!

O rei, ainda trêmulo de furor impotente, ergueu a lança. Os regimentos começaram logo a desfilar.

Daí a pouco estávamos na nossa aringa, conversando à luz de uma das curiosas lâmpadas que usam os Cacuanas, em que o pavio é feito de fibra de palmeira, e o azeite de toucinho de hipopótamo. E o que afirmávamos todos com convicção, com ardor, era a necessidade e a justiça urgente de ajudar a conspiração de Umbopa contra um vilão como Tuala!

# A GRANDE DANÇA

Já muito tarde, quase de madrugada, Infandós apareceu, como prometera, com os chefes seus amigos, todos homens de porte marcial e decididos. A conferência foi longa e curiosa. Ignosi, convidado a expor a sua romântica história e os seus direitos ao reino dos Cacuanas, começou por tirar a tanga em silêncio e mostrar o emblema sagrado, a grande serpente tatuada na cinta. Cada chefe, um a um, tomava a lâmpada, e, agachado, examinava o sinal com respeito; depois, em silêncio, passava a lâmpada a outro.

Em seguida Ignosi, reatando a tanga, contou a sua vida estranha, desde a fuga com a mãe através do deserto. Os chefes permaneceram calados. Infandós, por seu turno, recordou os longos crimes de Tuala, retraçou as matanças dessa noite de festa em que dois guerreiros valentes, de casas ilustres, tinham sido trucidados, só por possuírem grandes rebanhos que Scragga apetecia. Por fim, fez um grande apelo à razão e ao coração dos chefes, que só tinham a escolher entre o monstro que, por avidez e capricho, lhes arrancava a vida, ou o homem que lhes garantia a existência feliz nas suas senzalas e a posse tranquila dos seus gados. Mas, com espanto nosso, os chefes pareciam hesitantes e desconfiados.

Finalmente, um deles, homenzarrão possante, de carapinha branca, deu um passo, e declarou que a terra na verdade gemia sob a crueldade de Tuala, e que seu próprio irmão nessa noite estava sendo pasto das hienas... Mas aquele era um singular e confuso caso! E quem lhes afiançava que eles não ergueriam as suas lanças por um impostor? A guerra era certa. Muitos ficariam fiéis a Tuala, porque mais se adora o Sol que brilha, que o Sol que ainda não nasceu. Necessitavam, pois, uma evidência. E quem melhor lha poderia dar que os homens das estrelas, senhores das grandes artes mágicas, que tinham trazido Ignosi ao país, e sabiam decerto os segredos?

– Se ele é o herdeiro legítimo, os homens que o trouxeram das estrelas que o provem fazendo um grande milagre. Só assim o povo acreditará e tomará armas por ele!

– Mas a cobra, o emblema sagrado! – exclamei eu.

– Não basta. A cobra podia ser pintada no ventre já depois de ele ser homem... Necessitamos de um milagre! O povo não se move, nem nós mesmos, sem um milagre!

Um milagre! A situação era terrível e grotesca. Exigir-se um milagre a três honestos e ingênuos mortais, que nem sequer sabiam, como qualquer prestidigitador de feira, escamotear uma noz dentro da manga! E terem os honestos mortais de fazer um milagre, ou de perder a vida!... Voltei-me para os meus companheiros, a explicar de maneira rápida o risível e perigoso lance.

– Parece-me que se pode arranjar – disse John, depois de um curto silêncio. – Peça a estes amigos que nos deixem sós, Quartelmar.

Abri a porta da cubata, os chefes saíram. E apenas os passos morreram na sombra:

– Temos o eclipse! – exclamou o nosso admirável John.

Era o eclipse que ele descobrira na véspera, folheando o almanaque (o "livro de bordo"), e que nesse dia, às duas e quarenta minutos, devia ser visível em toda a África.

– Aí está o milagre! – afirmava John. – É anunciar aos chefes que, para lhes provar que Ignosi é o rei, e que devem pegar em armas por ele, nós faremos desaparecer o Sol!

A ideia era esplêndida. O único receio é que o almanaque estivesse errado.

– Não! É um almanaque marítimo, não pode estar errado. Os eclipses são calculados matematicamente. Não há nada mais pontual que um eclipse... Durante meia hora, três quartos de hora talvez, esta região toda ficará em trevas.

– Eu, por mim – disse o barão –, parece-me que devemos arriscar o eclipse.

# AS MINAS DO REI SALOMÃO

– Vá pelo eclipse!

Mandamos Umbopa buscar os chefes. Quando voltaram, cerrei a porta da cubata com um sombrio aparato de mistério, e comecei por lhes declarar, majestosamente, que nós, os homens das estrelas, não gostávamos de alterar o curso natural das coisas e mergulhar o mundo em terror e confusão... Mas, como se tratava de uma grande e santa causa, estávamos decididos a fazer um milagre.

– Escutai! Julgais vós que um homem pode soprar sobre o Sol, e *apagá-lo?* Os chefes olharam para mim, recuando com assombro.

– Não – murmurou um deles –, não há homem que o possa fazer! O Sol é mais forte que toda a Terra!

– Perfeitamente – concluí eu. – Pois amanhã, depois do meio-dia, nós, homens das estrelas, *apagaremos* o Sol durante uma hora, espalharemos trevas sobre a Terra, e será o sinal de que Ignosi é o verdadeiro rei dos Cacuanas e que o povo deve tomar armas por ele. Será bastante este milagre?

O chefe da carapinha branca abriu os braços para nós, esgazeado:

– Ó gentes das estrelas, senhores das grandes artes, esse milagre será mais que bastante!

– Bem. Tereis o milagre. Agora Infandós, que é experiente, diga o momento em que mais convém que nós apaguemos o Sol.

– Apagar o Sol! – murmuraram os chefes entre si. – A grande lâmpada! O pai de tudo, que brilha eternamente!

– Fala, Infandós!

– Meu senhor, é na verdade um milagre espantoso que vós prometeis! Mas enfim... O melhor momento é o da dança das flores, que há de logo começar ao meio-dia. As mais lindas raparigas de Lu estão lá, para dançar. E aquela que Tuala achar mais linda de todas é, segundo o costume, morta por Scragga em sacrifício aos Silenciosos, as figuras de pedra que estão além na montanha vigiando. Que os meus senhores nesse momento apaguem o Sol, salvem a rapariga, e o povo acreditará!

– O povo na verdade acreditará! – exclamaram todos os chefes.

– A duas milhas de Lu – continuou Infandós – há uma colina em forma de meia-lua, que é realmente uma fortaleza, onde estão aquartelados

109

o meu regimento e três outros que estes chefes comandam. Mas podemos arranjar de modo que, ainda esta manhã cedo, marchem para lá três ou quatro regimentos dos mais fiéis à minha vontade. E se os meus senhores apagarem com efeito o Sol, eu poderei, a favor da escuridão, fazê-los sair do terreiro real e da cidade, e levá-los para essa fortaleza, onde ficarão a salvo e de onde começaremos a guerra contra o rei.

– Está entendido – resumi eu. – Agora ide, que queremos dormir e depois combinar com os espíritos!

Com longas reverências, Infandós e os chefes deixaram a nossa aringa. O Sol ia nado.

– Ó meus amigos – exclamou Ignosi, apenas eles partiram. – É certo que podeis fazer esse milagre, ou estáveis vós ganhando tempo e soltando no ar palavras vãs?

– Parece que não nos há de ser difícil, meu Umbopa, quero dizer, meu Ignosi – declarei eu sorrindo.

– É espantoso! Apagar o Sol... E, todavia, sois ingleses, e o inglês tudo pode! Mas ah, se vós fizerdes isso por mim, o que não farei eu por vós?

– Uma coisa já tu nos podes prometer, Ignosi! – acudiu gravemente o barão. – É, se chegares a ser rei com o nosso auxílio, acabar com as "farejadoras de feitiços", com matanças como as desta noite, e não consentir que homem algum seja condenado sem provas de crime, e sem ter sido julgado pelos doze mais velhos do lugar.

Era o júri, santíssimo Deus! Era a nobre instituição do júri que esse digno barão queria implantar no centro selvagem da África! Não há senão um liberal inglês para essas esplêndidas imposições de civilização e de ordem. Com razão hesitou o astuto Ignosi! Com razão conservou longo tempo dois dedos sobre a testa, calculando. Por fim, num rasgo de generosidade ou de condescendência:

– Os costumes dos negros não se podem moldar pelos costumes dos brancos. Contudo, uma coisa te prometo, Incubu! É que não haverá no meu reino, nem matanças de festa, nem execuções sem julgamento. Estás contente?

O barão apertou-lhe a mão em silêncio.

As Minas do Rei Salomão

Daí a pouco estávamos estendidos nos leitos de folhas secas, e profundamente dormimos, até que Ignosi nos acordou às onze horas. O nosso primeiro cuidado foi instintivamente correr fora da cubata, olhar para o Sol. Nunca esse divino astro me pareceu tão brilhante e tão seguro da sua luz. Nem um sinal de eclipse! Uma radiância firme, absoluta, que nenhum movimento dos corpos celestes parecia poder alterar!

– Pois, meu digno astro – murmurei eu, ousando interpelar diretamente a fonte de toda a vida –, se continuas assim, todo o dia, acabas, sem querer, com três honrados homens!

Depois de almoçar, um sólido e valente almoço que nos amparasse na crise iminente, revestimos as cotas de malha, afivelamos os cinturões de cartuchame, e de outros modos nos apetrechamos para a grande dança. E ao meio-dia para lá voltamos os passos que a inquietação interior e a certeza do perigo não permitiam que fossem nem bem alegres nem bem ligeiros!

O terreiro real oferecia, nessa manhã, um aspecto bem diverso e onde na véspera reinara o horror, transbordava agora a graça. Em lugar de fuscos e duros guerreiros, todo o espaço estava ocupado por longas filas de raparigas cacuanas, escuras também, é verdade, mas lindas, pelas formas, a expressão, a viçosa mocidade. *Toilette,* não tinham nenhuma; nem mesmo o *pano,* a tanga da África civilizada; mas salvavam esta encantadora deficiência pelo franco luxo das flores. Todas traziam na cabeça uma coroa de flores; grinaldas de flores, grandes como festões, envolviam-lhes a cinta; e cada uma segurava nas mãos uma palma verde e um lírio branco. Nos escabelos de honra já estava o rei, acompanhado por Infandós, Scragga, guardas emplumados e a sinistra Gagula. Reconhecemos também, de pé, por trás dele, alguns chefes que nessa noite tinham conosco conspirado.

Tuala acolheu-nos com muita cordialidade ostensiva, dardejando ao mesmo tempo sobre Umbopa um olhar sangrento e mau.

– Bem-vindos, homens das estrelas, bem-vindos! Vedes hoje aqui coisas diversas; mas não tão belas, tão belas! Beijos e festas de mulheres são doces; mas é mais doce o brilho das lanças e o cheiro do sangue. Olhai em redor, gentes das estrelas; e se quiserdes casar nesta terra, escolhei, escolhei... Podeis levar destas raparigas as melhores, e tantas quantas pedirem os vossos desejos.

O nosso John, extremamente sensível e amoroso como todos os marinheiros, deu logo um passo, teve um sorriso, como se se preparasse a aceitar e a recrutar ali, para ocupar o seu coração na terra dos Cacuanas, um serralhozinho de donzelas escuras. Mas eu, homem idoso e experiente, receando as complicações do eterno feminino, apressei-me a recusar:

– Não, Tuala, obrigado! Os homens brancos que vêm das estrelas só se ligam às mulheres brancas que estão nas estrelas...

Tuala riu:

– Está bem, está bem... Nós temos um provérbio cacuana que diz: "Aproveita a que está perto, porque com certeza a que está longe te engana!". Mas talvez seja de outro modo nas estrelas... Sede pois bem-vindos, e comece a dança!

Um grande tantã ressoou, acompanhado por finas flautas de cana em que três mocinhos sopravam agachados no chão. As fileiras de raparigas avançaram, cantando um canto muito lento e doce, e fazendo ondular nas mãos as palmas e os lírios. Era um grande bailado bárbaro, infinitamente pitoresco. As raparigas ora saltavam brandamente sobre as pontas dos pés, numa graciosa languidez de gestos; ora, enlaçadas aos pares, redemoinhavam vivamente; ora, fileira contra fileira, simulavam uma batalha, tendo por armas os ramos de palmas; ora, ajoelhando em reverência, ofertavam os lírios ao rei. Depois eram grandes marchas bem ordenadas em que o canto tomava um tom triunfal; e logo uma alegre confusão, numa grulhada melodiosa, com um vivo saltar de corpos ágeis que espalhava pelo ar as pétalas das flores desfolhadas.

Por fim o bailado parou; e uma esplêndida rapariga, de olhos radiantes, mais airosa que uma Diana caçadora, avançou devagar, e rompeu numa dança estranha, cheia de graça e de brilho, em que os movimentos tudo traduziam, desde os requebros fugidios da noiva tímida, até aos pulos bravos da corça ciosa... Assim dançou longamente; os seus olhos cada vez mais rebrilhavam; a grinalda que lhe envolvia a cinta desfizera-se flor a flor; e todo o corpo adorável lhe reluzia ao Sol, como um bronze umedecido. Por fim, cansada, sorrindo, recuou até ao grupo das bailadeiras, onde ficou de olhos baixos, a refrescar-se com o seu ramo de lírios. Veio então outra, muito alta, dançar; e outra depois, e muitas ainda, todas belas e hábeis, mas nenhuma como a Diana caçadora tinha beleza, graça e consumada arte.

O rei ergueu a mão, o tantã cessou.

– Gentes das estrelas – disse ele –, qual delas achais mais linda?

– A primeira – respondi eu irrefletidamente.

E logo me arrependi, lembrando o que anunciara Infandós: que a mais linda tinha de perecer, sacrificada aos ídolos. Ao mesmo tempo deitei um olhar ao Sol, que continuava a refulgir com uma teima desesperadora.

Tuala, no entanto, somou:

– Os vossos olhos, gentes das estrelas, veem então como os meus. A primeira é a mais bonita. É mau para ela, que tem de morrer!

– Tem de morrer! – ecoou Gagula, que parecera dormitar durante a festa, e acordava, já interessada, desde que pressentia sangue e dor.

– Morrer! – exclamei eu, sorrindo também, como se não acreditasse. – Por que, ó rei? Ela dançou bem, a todos agradou. Além disso, é moça e linda. Seria cruel e estranho recompensá-la com a morte.

A fera afetou uma simpatia, que, nele, arrepiava:

– Também o lamento, mas é o costume do meu reinado. Os Silenciosos, que estão além na montanha vigiando, precisam receber o seu tributo. Há uma profecia do nosso povo que diz: "O rei que no dia da grande dança não sacrificar aos Silenciosos a mais linda das donzelas perecerá, e com ele a sua casa". Por não ter cumprido a ordem de "cima", caiu meu irmão e em seu lugar reino eu... Ide – voltando-se para os guardas –, trazei a virgem! E tu, meu Scragga, aguça a lança!

Dois da guarda real marcharam para a pobre e doce rapariga, que desfolhava nervosamente as pétalas do seu lírio branco. De repente, e só então, ela pareceu compreender a fatalidade que a perdia, por ser formosa e pura. Deu um grito, tentou fugir. Duas mãos fortes agarraram-na e trouxeram-na, toda em lágrimas e debatendo-se, para diante de Tuala.

– Que nome é o teu, linda moça? – ganiu a horrível Gagula. – Não responde? Queres que o filho do rei tenha de erguer a lança, sem saber quem tu sejas?

A isso, Scragga deu um salto com sofreguidão, alçando a sua imensa azagaia. Vendo o ferro luzir, a pobre rapariga cessou toda a luta entre as mãos fortes dos guardas. E com grandes lágrimas que lhe caíam, ficou toda a tremer.

O medonho Scragga teve uma risada bestial:

– Como ela treme, como ela treme diante da minha força!

– Ah, canalha, se te apanho a jeito! – rosnou o capitão, apertando na mão o revólver.

No entanto Gagula, com atroz zombaria, animava a desgraçada:

– Sossega! Diz o teu nome. Vem, filha! Não temas!

– Ó mãe! – balbuciou a pobre criatura entre soluços, numa voz que desfalecia. – Ó mãe! O meu nome é Fulata, e sou da casa de Suco. Mas por que hei de eu morrer, eu que não fiz mal nenhum?

– Tens de morrer – prosseguiu a hedionda velha – para contentar os que vigiam além da montanha. Mais vale dormir de noite que trabalhar de dia. Mais vale estar quieta e morta que agitada e viva. E tu, filha ditosa da casa de Suco, vais morrer às mãos reais do filho do nosso rei.

Olhei ansiosamente para o Sol. Nada! Um brilho impassível, que achei quase cruel!

No entanto a pobre Fulata, apertando desesperadamente as mãos, suplicava, com gritos de angústia:

– Ó mãe, ó rei, não me deixeis morrer!... E eu tão nova! Pois nunca mais hei de ver a aringa de meu pai? Nem embalar meus irmãos pequeninos? Nem cuidar dos cordeiros doentes? E por quê? Mandaram-me aqui para dançar e eu dancei! O meu noivo está lá fora à minha espera! Minha mãe ficou sentada debaixo das machabeles até que eu volte para mungir as vacas... E por que hei de eu morrer? Nunca fiz mal nenhum; e no terreiro da nossa casa deixava sempre cair grãos de aveia, para os pássaros levarem aos ninhos...

Nas próprias faces dos guardas e dos chefes, perfilados junto a Tuala, se espalhava um ar de piedade. Muitas raparigas soluçavam baixo. E subitamente, o capitão John, sem se poder conter mais, arrancou o revólver da cinta e fez um movimento tão saliente, de tão clara intervenção, que a rapariga viu, num relance compreendeu... Desprendendo-se dos guardas, que a seguravam frouxamente, veio arrojar-se aos pés de John, abraçando--lhe as pernas nuas.

– Ó pai branco, que vens das estrelas! – gritava ela. – Deixa acolher-me à sombra da tua força... Salva-me destes homens, e de Gagula, a mãe que é tão cruel... Tornei a olhar para o Sol... E com um alívio, uma alegria tão intensa que ainda hoje o recordá-la me aquece o coração, vi uma linha de sombra, muito fina ainda, surgindo à orla do disco radiante!

– O eclipse! – gritei eu para os outros. – John, conserve aí a rapariga atrás! E armas na mão, rapazes!

Imediatamente avancei para o rei.

– Tuala – exclamei com firmeza e arrogância. – Nós, gentes das estrelas, não podemos consentir nesta maldade! Tal não será! Deixa que a rapariga volte para a sua morada!

Tuala ergueu-se com um pulo brusco de surpresa e de cólera. E dos chefes, das agitadas filas de mulheres, subiu um murmúrio que era de assombro, e talvez de esperança.

– *Não consentis!* – bramiu o rei, com o olho sangrento dardejando lume. – E quem és tu, perro branco, para vir latir contra o leão na sua caverna? *Tal não será!* E como o podes tu impedir? Vai talvez a tua vontade prevalecer contra a minha força? Scragga, mata a criatura! E vós, guardas, olá, agarrai esses homens!

Uma multidão de soldados surgiu, correndo, de trás da aringa real. O barão, Umbopa e o capitão (com Fulata agarrada a ele) vieram pôr-se ao meu lado, de carabinas apontadas. Outro olhar meu ao Sol! A linha de sombra, lenta e gradualmente, avançava sobre o globo rutilante. Com esplêndida confiança, ergui a mão, bradei:

– Parai! Nós, os filhos das estrelas, decidimos que a rapariga não morrerá! E se alguém ousar ir contra a nossa vontade, ou avançar contra nós um passo, nós, os mágicos das grandes artes, *apagaremos* o Sol e mergulharemos o mundo em trevas!

O efeito foi tremendo. Os soldados estacaram. E Scragga ficou diante de nós, com a lança erguida no ar, como uma figura de pedra. Mas Gagula erguera-se, sacudindo os braços com furor:

– Ouvi, ouvi o grande mentiroso, que diz que apaga o Sol como um lume da terra! Pois que o faça, e a rapariga irá livre para a sua morada! Mas se o não fizer, ó rei, que ele morra com ela, e com ele morram os cães malditos que vêm latir contra ti!

Sem mais, ergui a mão solenemente para o Sol (movimento que logo imitaram John e o barão) e rompi a bradar. Não me lembro já das coisas absurdas que tumultuosamente atirei ao divino astro. Recitei-lhe versos de Shakespeare, pedaços da Bíblia, provérbios, datas, nomes de firmas comerciais que me acudiram, as ruas da cidade do Cabo; que sei eu? Tudo o que me afluía aos lábios, e que fosse *em inglês,* na língua mágica. Ousei mesmo espantosas familiaridades com o respeitável centro do sistema planetário. Gritava: "Anda-me assim, solzinho da minha alma! Para diante, valente! Deixa avançar essa rica sombra! Ah! que estás um catita, meu astro! Mais, mais!...".

E o Sol obedecia! A mancha escura, nítida e convexa, avançava, comia a luz imortal. Um grande sussurro de terror agitava a multidão. Voltei então a falar cacuana, livremente:

– Vê tu, ó rei! Vê tu, Gagula! Vede vós, ó chefes! Mentem então os homens das estrelas? Quisestes a treva eterna, ei-la que vos vem tragar!... Ó Sol, pai de tudo, reluzente e triunfante, retira a luz, some-te à nossa ordem, mata o mundo com escuridão e frio, e que, sem ti, parem para sempre estes corações cruéis!... O Sol vai morrer!

Gritos de terror ressoavam já no terreiro. As mulheres, caídas de joelhos, choravam, implorando misericórdia. E o rei, calado, tremia.

Só Gagula resistia ao pavor.

– Vai passar, vai passar! – uivava ela. – Eu já vi o Sol assim. Ninguém o pode apagar. Ficai quietos! Sossegai! A sombra vem e vai... Eu já vi, eu que sou a mais velha, e conheço os segredos!

Eu por mim animava os companheiros:

– Vá, rapazes! Já não sei que hei de dizer ao Sol. Veja se se lembra de alguns versos, barão. Tudo serve, até pragas!

E John, admirável marinheiro, rompeu então a praguejar. Foi sublime. Teve todas as pragas clássicas, e teve-as inéditas. Nem eu supunha mesmo que a humanidade possuísse, no seu vocabulário, uma tal riqueza de blasfêmias! O que o rei do dia ouviu!

No entanto a mancha negra alastrava. Estranhas, sinistras sombras flutuavam no ar. Uma triste quietação descia sobre a terra. Todos os pássaros se tinham calado. Ao longe os cães uivavam.

E a mancha crescia, crescia... A atmosfera tornara-se espessa. Já mal distinguíamos as faces cruéis da gente real. Esmagadas de temor, as mulheres nem tugiam. Por fim John parou a torrente de invectivas. E o que restava do Sol parecia uma luz agonizante.

– O Sol morreu! – berrou de repente Scragga. – Os bruxos das estrelas mataram o Sol! Tudo vai morrer nas trevas!...

E fosse o delírio do medo ou da raiva, ergueu a azagaia, arremessou-a a toda a força contra o peito do barão. Mas a cota de malha repeliu o ferro. E antes que ele pudesse revibrar o golpe, o barão arrancara-lhe a lança das mãos e passou-lha através do coração. Com um uivo hediondo, Scragga tombou morto.

Quase nada restava da luz. Era como se tudo acabasse conjuntamente, o Sol, o mundo, e a descendência do rei! Num terror indizível, a multidão de raparigas largou fugindo, em confusão e gritos, para as portas da aringa. Foi um pânico estonteado. Os guardas, arrojando as armas, galgavam as estacadas. Os chefes, aos saltos por cima dos escabelos, desapareciam como lebres. E por fim, o próprio e ferocíssimo rei, com Gagula atrás, arremeteram para as cubatas, ganindo num pavor vil. Uma debandada que nos deixou sós, eu, os amigos, a pobre Fulata ainda agarrada a John, Infandós, os chefes que conspiravam, e o cadáver de Scragga.

– Chefes! – gritei eu. – Eis o milagre que tínhamos prometido. Sabeis agora que Ignosi é o rei único e forte. O feitiço está trabalhando. Corramos para a cidadela que dissestes, enquanto a treva dura!

– Vinde! – exclamou Infandós, segurando-me pela mão. – E vós todos segui! O dia é nosso!

Ao chegarmos à porta da aringa, a luz findou inteiramente. Agarrados uns aos outros pelas mãos, com Fulata no meio, fomos tropeçando através da escuridão. Dentro das senzalas ouvíamos gemidos de terror. E para o aumentar, lançávamos a espaços, através da treva, um lúgubre brado de revolta e de guerra:

– Morte a Tuala!

## ANTES DA BATALHA

Durante mais de uma hora caminhamos, através da escuridão, guiados por Infandós e pelos chefes, até que de novo surgiu, como um fino traço luminoso, a orla do Sol. Daí a pouco havia já luz suficiente; e achamo-nos então longe de Lu, junto de uma larga colina de duas fartas milhas de circunferência, em forma de ferradura, e toda ela inteiramente plana no topo. Desde tempos imemoriais, aquele planalto fora (segundo nos disse Infandós) aproveitado como acampamento permanente, e ordinariamente ocupado por uma guarnição de três mil homens. Nessa manhã, porém, à maneira que íamos trepando os flancos da colina, à luz já viva e quente do Sol, descobríamos sucessivos regimentos, formando uma divisão de dezoito ou vinte mil homens, quase todos veteranos. Estavam ainda sob o espanto e terror da misteriosa treva que de repente os envolvera. E foi em silêncio que passamos através das suas filas cerradas, em direção a um grupo de cabanas que se erguia a meio do planalto. Com surpresa e grande alegria, encontramos lá dois servos, à espera, carregados com todas as nossas bagagens, cantinas e munições que nessa manhã deixáramos nas cubatas de Lu. Numa trouxa, as calças de John. Com que sofreguidão ele as envergou, pudico homem!

– Fui eu que mandei vir tudo, à cautela! – explicou o serviçal Infandós. – Quem sabe quantos dias estaremos neste deserto!

Como não havia tempo a desperdiçar, o velho e ativo guerreiro deu ordem para que se formassem as tropas imediatamente. Era necessário antes de tudo (disse ele) aclarar aos regimentos os motivos da revolta já decidida pelos chefes e apresentar-lhes Ignosi, o legítimo rei por quem iam combater.

Meia hora depois os regimentos (a flor do exército dos Cacuanas) estavam em formatura nos três lados de um imenso quadrado. Do lado aberto ficamos nós com Ignosi, o velho Infandós e os chefes conjurados. Logo que um arauto intimou silêncio, Infandós avançou; e com um calor, um entusiasmo, irresistivelmente persuasivos, narrou a história de Ignosi, o seu nascimento real, a serpente tatuada na cinta, a trágica morte de seu pai à mão de Tuala, a sua fuga através dos montes, o seu exílio entre estranhos. Depois retraçou o reinado cruento de Tuala, os seus crimes, as suas espoliações, as frias e inúteis crueldades. Em seguida contou como os homens brancos das estrelas, que de lá de cima tudo veem, se tinham compadecido da grande aflição que ia no reino dos Cacuanas; como tinham ido então buscar Ignosi, o rei legítimo, às terras distantes onde ele definhava no exílio, e o haviam trazido pela mão, através dos areais e dos montes, ao país de seus pais; como nessa manhã, para mostrar a Tuala e a todos o seu poder mágico, e provar aos chefes descontentes que Ignosi era rei, eles com as suas artes tinham apagado e depois tornado a acender o Sol; e como, enfim, esses mágicos que nenhuma força vencia estavam dispostos a derrubar Tuala, o falso rei, e pôr em seu lugar Ignosi, o rei verdadeiro!

Apenas ele findara, entre um longo murmúrio de aprovação, Ignosi deu dois passos, e, alteando a sua nobre estatura, apelou para as tropas. Elas tinham ouvido Infandós, seu tio! Cada palavra dele luzia como a verdade. Os Cacuanas agora só podiam escolher entre Tuala, o monstro que os roubava, os trucidava, e cobria a terra de horror e desordem, e ele, rei legítimo, que não permitiria mais no reino a caça aos feitiços, nem matanças de festa, nem castigos sem julgamento, nem a opressão dos mais fortes... Pelo contrário, sob ele, só haveria paz e abundância! A todos os que ali estavam e o ajudassem daria cubatas, mulheres e gados, e todos, ganha a vitória sobre Tuala, iriam viver nas suas senzalas bem providas, em descanso e alegria para sempre. De resto, os homens das estrelas estavam com ele, a seu lado, para manter os seus direitos. E quem podia ir contra a força das suas artes mágicas? Não tinham eles visto o Sol apagado, depois outra vez brilhante, à ordem dos espíritos brancos?

Um rumor de aquiescência, de adesão, corria já entre as tropas. Ignosi então recuou um passo, e erguendo no ar o seu formidável machado de guerra:

# AS MINAS DO REI SALOMÃO

– Eu sou o rei! Na verdade vos digo que sou o rei! E se aí há alguém, dentre vós, que diz que eu não sou o rei, que saia a terreiro, se bata comigo, e bem cedo o seu sangue, correndo no chão, provará que na verdade sou rei. Escolhei pois entre mim e Tuala, ó chefes, soldados, vós todos! Sou eu o rei!

– És o rei! – Foi a universal, aclamadora resposta, que atroou toda a colina.

– Bem! Tuala está mandando já emissários a reunir os seus homens, para nos combater. Os meus olhos estão abertos e verão aqueles que mais fiéis me são, e que merecerão mais terra, mais gado, mais riqueza. E agora ide, e preparai-vos para as batalhas, em defesa do vosso rei!

Houve um silêncio. Um dos chefes ergueu a mão; e os vinte mil homens, ferindo o solo com as azagaias, soltaram a grande saudação real: *Crum! Crum! Crum!*. Ignosi estava aclamado rei. Os batalhões imediatamente recolheram aos seus acampamentos. No planalto reinou silêncio e ordem. Logo depois celebramos um conselho de guerra, com todos os capitães. Era evidente que em breve seríamos atacados pelas tropas fiéis a Tuala. Já do alto da nossa colina nós víamos regimentos marchando, a concentrar-se em Lu, e um incessante movimento de armas por toda a estrada de Salomão. Do nosso lado contávamos com vinte mil homens. Tuala, segundo o cálculo dos chefes, poderia ter reunido, na manhã seguinte, trinta e cinco a quarenta mil soldados. Mas desses, muitos eram recrutas; e a flor do exército, os veteranos endurecidos, os capitães de experiência, estavam felizmente conosco, sobre a colina da revolta.

O primeiro cuidado era fortificar a nossa posição. Começamos por obstruir, com grossos rochedos, todos os carreiros que subiam da planície. Nos pontos mais acessíveis erguemos estacadas e trincheiras. Acumulamos, à orla do planalto, montes de pedras para arremessar sobre os assaltantes. Aqui e além cavamos fossos. E, como todo o exército trabalhava, ao fim da tarde a colina fora convertida em cidadela.

Justamente antes do pôr do sol, vimos um grupo de homens que, de uma das portas de Lu, avançava para nós, fazendo soar um tantã. Um deles trazia na mão uma palma verde. Era um arauto.

Ignosi, Infandós, dois ou três chefes, eu e os amigos, descemos ao seu encontro. Vimos um soberbo homem, ainda moço, com a pele de leopardo aos ombros.

– Saúde! – gritou ele, parando e agitando a palma. – O rei envia o seu saudar àqueles que lhe fazem uma guerra infiel. O leão envia o seu saudar aos chacais.

– Fala! – bradei.

– Estas são as palavras do rei: "Entregai-vos à minha mercê, antes que a minha forte mão caia sobre vós!" Assim disse o rei. Já foi arrancada ao touro negro a espádua direita! Já o rei o anda enxotando, ensanguentado, em volta ao acampamento!

– Quais são as condições de Tuala? – perguntei com curiosidade.

O arauto declarou que as condições eram misericordiosas e dignas de um grande rei. Muito pouco sangue o contentaria.

De cada dez homens um seria morto, os outros perdoados; mas o branco Incubu que matara Scragga, o servo Ignosi que pretendia o seu trono, e Infandós que preparara a rebelião, seriam postos a tormentos, em sacrifício aos Silenciosos. Tais eram as misericordiosas condições do rei. Consultei um instante com os chefes, e repliquei, num tom estridente, para que todos os soldados ouvissem, por sobre a colina:

– Volta para Tuala que te mandou, ó cão, filho de cão! E diz-lhe em nome de Ignosi, legítimo rei, e de Infandós, seu tio, e dos homens das estrelas que apagam o Sol, e de todos os chefes e soldados aqui juntos, diz a Tuala que antes que o Sol dê duas voltas o cadáver de Tuala jazerá hirto e frio no terreiro de Tuala... Vai e treme, ó cão, filho de cão!

O oficial riu, com arrogância:

– Não se assustam homens com palavras inchadas! Amanhã se verá em que terreiro e que corpos jazerão hirtos e frios. Adeus, pois, homens das estrelas. Para meu próprio regalo, espero que tenhais o braço tão forte como tendes ousada a língua.

Com este sarcasmo o valente voltou as costas. Quase imediatamente a noite desceu.

À luz da Lua ainda continuaram os trabalhos da defesa. Depois, já por noite alta, quando tudo se completara, o barão, Ignosi e eu, acompanhados por um chefe, descemos a colina a visitar os postos avançados. A maneira que caminhávamos, víamos de repente surgir dos sítios menos esperados, de uma cova na terra, de uma moita de arbustos, de um montão de rochas, alguma enorme figura emplumada, com a ponta da azagaia rebrilhando à Lua, que, trocada a palavra de passe, logo se sumia, como dissolvida na sombra das coisas. A vigilância era realmente perfeita. Demos assim toda a volta à colina, que tomamos a subir pela vertente Norte, através das companhias de soldados adormecidos. A Lua batia nas lanças ensarilhadas. Aqui e além uma sentinela destacava imóvel, com as suas altas plumas ondeando à brisa fria da noite. E os robustos homens escuros, estirados no chão, uns contra os outros, no confuso abandono da fadiga e do sono, formavam como um vasto montão de humanidade já postada e preparada para a sepultura. Quantos daqueles estariam ainda vivos quando na outra noite de novo nascesse a Lua? Estranha fatalidade e tristeza da vida! Muitos desses tinham alegria e paz nas suas aringas. Um príncipe ambicioso passava. E eis que milhares, que ali dormiam um sono tranquilo, cairiam, varados por lanças, seriam frios cadáveres, desapareceriam em pó impalpável, sem de si deixar mais vestígio que folhas de árvores que um vento leva. E nós mesmos, quem sabe?, tomaríamos nós a ver a Lua brilhar naquela colina?

– Barão – disse eu de repente, dando voz a estes pensamentos –, sinto-me num lamentável estado de atrapalhação e de medo.

– O amigo Quartelmar costuma sempre queixar-se...

– Não, não! Desta vez é sério. Nem sinto as pernas. Nós amanhã seremos atacados com forças colossalmente superiores e não escapa um de nós. É estúpido! E para quê? Não temos nada com as questões dinásticas dos Cacuanas! Somos estrangeiros, somos neutros!

– É verdade. Mas já agora, estamos envolvidos na aventura e é necessário levá-la a cabo airosamente. E depois, que diabo, Quartelmar! Mais vale morrer de repente, numa batalha, que durante meses na cama!...

Eu pensei comigo (e bem estupidamente) que o melhor era não morrer nem numa cama, nem numa batalha. E daí a instantes recolhíamos à nossa estreita senzala, a dormir algumas horas antes da grande ação.

Infandós veio-nos acordar ao romper da alvorada, dizendo que se observavam já do lado da cidade movimentos de tropas, e que já ligeiras escaramuças tinham obrigado as nossas sentinelas avançadas a recolher. Começamos logo, febrilmente, os nossos preparativos. O barão, pelo princípio de que na "Cacuânia se deve ser cacuano", armou-se e enfeitou-se como um guerreiro selvagem: pele de leopardo aos ombros, enorme pluma de avestruz presa à testa, cintura de rabos de boi, escudo de ferro coberto de couro branco, machada de combate, facalhões de arremessar, azagaia, todo o complicado armamento de um chefe negro. E devo confessar que, assim armado e emplumado, era uma esplêndida e formidável figura! O capitão John não causava tanta impressão. Em primeiro lugar, insistira em conservar as calças que Infandós lhe obtivera; e um cavalheiro baixote e gordote, de monóculo, suíça de um lado e a cara rapada do outro, com uma cota de malha de ferro metida para dentro das pantalonas, grande lança e chapéu-coco, oferece na realidade um espetáculo mais estranho que imponente. Eu por mim, ao contrário, tinha tirado as calças para correr mais lesto, se tivéssemos de retirar; mas a fralda da camisa aparecia-me por baixo da cota de malha; um facalhão que pendurara à cinta batia-me lamentavelmente nas canelas; o escudo enfiado no braço entanguia-me os movimentos; e sentia em geral que não apresentava para combate uma figura suficientemente heroica. De sorte que espetei uma imensa pluma no meu boné de caça e procurei dar ao rosto uma expressão de ferocidade. Além do arsenal de armas selvagens, tínhamos naturalmente as nossas carabinas, que três soldados atrás conduziam com os sacos de munição.

Apenas armados, engolimos à pressa o almoço, e abalamos. Numa das extremidades do planalto do monte havia uma espécie de casebre de pedra, que servia ao mesmo tempo de quartel-general e de torre de vigia. Encontramos aí Ignosi, magnificamente emplumado e apetrechado. Com ele estava Infandós; e, como guarda real, o regimento de Infandós, decerto o mais numeroso e aguerrido de todo o exército. Este regimento tinha por nome os Pardos, porque usava plumas pardas na cabeça. Era composto de três mil praças; e estava colocado de reserva, deitado em ordem e por companhias sobre o capim que ali crescia. Os chefes, num grupo,

As Minas do Rei Salomão

junto do casebre, com as mãos em pala sobre os olhos, observavam o movimento das tropas de Tuala, que vinham nesse momento saindo de Lu em longas colunas semelhantes a formigueiros. Cada uma dessas colunas tinha de onze a doze mil homens. Logo que saíram as portas de Lu e se acharam na planície, pararam; depois, formadas em batalha, marcharam uma para a direita, outra para a esquerda, a terceira em direção à nossa colina.

– Bom – murmurou Infandós –, vamos ser atacados por três lados!

# O ATAQUE À COLINA

Devagar, em perfeita ordem, as três colunas avançaram. A da direita e a da esquerda, separadas, e obliquando como para envolver e cercar a nossa posição; a do centro, direita, sobre nós, marchando por aquela língua da planície que entrava pela nossa colina dentro; colina que (como disse) tinha a forma de uma meia-lua com as duas pontas voltadas para a cidade de Lu. A umas quinhentas jardas esta coluna parou, dando tempo a que as outras circundassem a nossa posição. O plano das gentes de Tuala era evidentemente dar, por cada lado, à nossa cidadela, um assalto simultâneo e brusco.

– Ah! – suspirou John, olhando aquelas multidões espalhadas embaixo. – Quem tivera aqui uma metralhadora!

– Nem falemos nessa delícia! – exclamou o barão com igual pesar. – Em todo o caso, Quartelmar, veja se a sua carabina chega até àquele maganão, de pele de leopardo, que parece comandar a força.

Carreguei tranquilamente a carabina com bala, agachei-me por trás de uma pedra e apontei. O pobre comandante de pele de leopardo avançara das fileiras uns trinta passos, seguido por uma ordenança, a examinar a nossa posição; e erguia justamente o braço, quando eu lhe mandei uma bala. Tombou sem um movimento mais, com a face no chão. Os nossos regimentos, espantados, aclamaram este milagre do homem das estrelas; e eu (tanto a guerra nos endurece o coração) gostei destes aplausos. Creio mesmo que agradeci, como um ator! No entanto o barão apontara a um outro oficial, que correra a recolher o cadáver do camarada e que, por seu turno, bateu com os braços no ar, caiu morto. A força inimiga, aterrada, começou logo a recuar. Os nossos começaram a uivar de deleite e de furor. John juntara-se a nós com a sua carabina; e antes que a divisão tivesse se retirado para fora do nosso fogo, abatemos uns dez ou doze homens. Como *efeito moral* parecia excelente.

As Minas do Rei Salomão

De repente, porém, ouvimos um imenso clamor à nossa direita, e um clamor igual à nossa esquerda. Eram as duas colunas circundantes que nos atacavam. Imediatamente a massa de homens em frente de nós rompeu, avançando por aquela língua de planície que penetrava em subida suave no interior da nossa meia-lua. Vinham num passo vivo, certo, elástico, que cadenciavam entoando um canto rouco. Começamos de novo a fazer fogo. Muitos homens caíram. Mas era como se atirássemos pedras a uma grande vaga de equinócio. A maré humana subia. Subia com grandes brados, repelindo os nossos postos, colocados entre as rochas, à base da colina. A sua marcha, porém, diminuía de ímpeto à maneira que a subida se convertia em ladeira, depois em íngreme pendor de monte. Aí onde começava o monte, estacionava a nossa primeira linha de defesa. Já de lado a lado, entre as forças, se começavam a atirar as *tolas*, grandes facas de arremesso que faiscavam no ar. Os que avançavam vinham bradando: "Tuala, Tuala! *Chielê, chielê*[4]!". Os nossos replicavam: "Ignosi, Ignosi! *Chielê, chielê!*". As primeiras azagaias entrechocaram-se; e, com o encontro, peito a peito, das duas massas de homens, na vertente da colina, a batalha começou. As forças que atacavam eram esmagadoras; e a nossa primeira linha, onde os homens caíam como folhas no outono, cedeu e reentrou na segunda linha de defesa. A luta aqui foi terrível; mas os nossos recuaram, e a terceira linha entrou em batalha à orla já do planalto. O barão, cujos olhos se acendiam, não se conteve mais. Brandindo a sua machada de guerra, arremessou-se para o meio do combate, seguido do capitão John. Ao avistar a gigantesca figura do "homem das estrelas" que vinha em seu socorro, os nossos soldados bradaram com entusiasmo:

– *Nanzie Incubu*[5]! *Chielê, chielê!* – E, carregando com redobrado vigor, em poucos momentos repeliram a divisão de Tuala, que já cansada, sem poder romper a sebe viva de lanças que a continha, voltou a descer a colina em confusão. Nesse instante também um mensageiro esbaforido veio anunciar a Ignosi (ao lado de quem eu ficara) que o ataque na esquerda da colina fora rechaçado; e já eu e Ignosi nos congratulávamos, quando,

---

[4] Mata, mata! (N.E.)

[5] Aí vem o elefante! (N.E.)

com grande horror, vimos os nossos que estavam defendendo a direita vir correndo pelo planalto, acossados por multidões inimigas, que evidentemente naquele ponto tinham rompido as nossas linhas.

Ignosi bradou uma ordem. Imediatamente o regimento dos Pardos se desdobrou, para reter a debandada dos nossos, rechaçar a invasão. E, sem que eu compreendesse bem como, instantes depois achei-me envolvido numa furiosa carnificina. Tudo o que me lembro é o estridente ruído dos escudos de ferro entrechocando-se, e logo adiante a aparição de um enorme bruto furioso, com os olhos sangrentos a saltarem-lhe das órbitas, que erguia sobre mim uma longa azagaia. O meu revólver findou-lhe os furores para todo o sempre. Mas, quase em seguida, senti uma pancada na cabeça, e quando tornei a abrir as pálpebras estava no casebre do quartel-general, deitado numa esteira, com o excelente capitão John a meu lado, velando.

– Então! – exclamou ele ansiosamente, pondo no chão a cabaça de água com que me borrifava.

Antes de responder, ergui-me muito devagar, apalpei com cuidado o meu precioso corpo.

– Bem, obrigado. Estou perfeitamente bem!

– Graças a Deus! Quando o vi, trazido numa padiola, deu-me uma volta o coração!

– Não, não foi desta! Levei só uma bordoada, suponho eu. E a batalha?

– Por hoje, repelimos a pretalhada do rei. Mas perdemos perto de dois mil homens. Veja aquele horror, Quartelmar!

E o bom John mostrava fora o terreiro, convertido num hospital de sangue. Para transportar os seus feridos, os Cacuanas usam um longo e esguio tabuleiro com uma argola a cada canto. E desses tabuleiros, postos no chão, cada um com o seu homem, havia longas filas por entre as quais caminhavam, curvados, os cirurgiões cacuanas. O método desses clínicos é simples e piedoso. Se a ferida se apresenta curável, o soldado é besuntado com unguentos nativos, e isolado nas senzalas. Se a ferida é incurável ou muito grave, o cirurgião, com uma lanceta, corta subitamente uma artéria do homem, que expira em poucos instantes sem sofrer.

Fugindo a esse espetáculo, John e eu seguimos para o outro lado do quartel-general, onde encontramos o barão (ainda de machado na mão, todo tinto de sangue) reunido em conselho com Ignosi, Infandós e dois chefes idosos.

– Ainda bem que chega, Quartelmar! – gritou o barão. – Eu não posso compreender o que quer esta gente... Parece que vamos ser cercados!

E assim era, segundo explicou lentamente Infandós. Tuala, repelido, reunira reforços, e parecia tomar disposições para pôr sítio à colina, e vencer-nos pela fome e pela sede. Os mantimentos não durariam mais de dois dias. Mas o pior era que a nascente de água, sorvida a cada instante por dezesseis mil bocas sedentas, estava prestes a esgotar-se; e antes da manhã seguinte o exército gemeria de sede. Nessas conjunturas, Ignosi queria saber o que propunham os homens das estrelas.

– Diz tu, Macumazã, velha raposa, que tens visto muito e sabes todas as artes.

Conversei um momento com os amigos, e declarei em seguida ao conselho que, sem pão e sem água, nada nos restava senão fazer imediatamente uma tremenda surtida contra Tuala. Todos aprovaram com ardor a minha ideia. Mas sob que plano se tentaria esse ataque? Cabia a Ignosi, o rei, decidir e os olhos de cada um voltaram-se para o nosso antigo servo, que, agora, nas suas armas e plumagens de guerra, tinha um magnífico ar de rei guerreiro.

Depois de pousar dois dedos sobre a testa, à maneira zulu, Ignosi falou e desenvolveu um plano excelente. Ao começo da tarde (era então meio--dia), os Pardos, comandados por Infandós e o barão, desceriam aquela língua da planície que penetrava na meia-lua da colina, e avançariam sobre Tuala, enquanto ele próprio, Ignosi (que eu devia acompanhar), ficaria de reserva para trás com tropas frescas. Decerto Tuala, vendo os Pardos romper numa surtida, lançaria sobre eles toda a sua força para os esmagar. Enquanto na língua de terra se estivesse dando esse primeiro reencontro, uma terça parte das nossas forças desceria pela ponta direita da colina, levando consigo John, o do olho rutilante; outra terça parte iria de manso pela ponta esquerda; subitamente, ambas cairiam sobre os flancos de Tuala, e nesse instante ele, Ignosi, desceria pela frente com as tropas frescas, e, se a fortuna estivesse com ele, cearíamos nessa noite, contentes, na cidade de Lu!

O plano foi acolhido entre aplausos e imediatamente entrou em preparação, com uma presteza, um método, que fez honra aos oficiais cacuanas. No espaço de duas horas foram servidas as rações aos homens, as três divisões formadas, a ordem de ataque bem explicada aos chefes, e toda a força (menos uma guarda que se deixou aos feridos) colocada nos seus postos.

Era, pois, outra imensa carnificina que se preparava e em que me veria envolvido; eu, homem de ordem, de gostos simples, que tanto detesto violências! Quando John, ao partir com a ala direita, nos veio dizer adeus, um pouco comovido, eu, com a voz abalada, só tive estas palavras:

– Se escapar, amigo John, louve a Deus, e não se meta mais com pretendentes!

# A BATALHA DE LU

Não contarei os pormenores sangrentos deste grande combate, que se ficou chamando a "Batalha de Lu". Todos esses medonhos conflitos de selvagens, mesmo travados com a disciplina dos Cacuanas, se assemelham. É sempre uma vasta confusão de corpos escuros e emplumados, um estridente ruído de escudos entrechocando-se, azagaias reluzindo no ar, saltos, guinchos, uivos, clamores imensos, onde destaca uma nota assobiada, o *sgghi! sgghi!* que solta o selvagem quando trespassa com o ferro o inimigo.

O plano de Ignosi, de resto, foi triunfalmente realizado. Os Pardos avançaram naquela língua de terra que penetrava na nossa meia-lua, e com admirável heroicidade sustentaram os ataques de regimentos após regimentos arremessados sobre eles por Tuala.

Quando dos Pardos restava apenas metade, e a atenção de todo o exército inimigo estava concentrada nesta luta com o heroico regimento, as duas alas nossas, que tinham caminhado pelos dois cornos da meia-lua, caíram sobre os flancos desprevenidos do inimigo, como um círculo de cães de fila sobre lobos descuidados. Começou uma pavorosa matança. Ignosi carregou então de frente com as reservas frescas, e decidiu a batalha. Eu fiz parte dessa carga; e, não sei como, achei-me ao pé do barão, que parecia o verdadeiro deus da guerra, com os longos cabelos de ouro a esvoaçar ao vento, todo ele vermelho de sangue, e soltando a cada grande golpe de machado o velho grito saxônio de ataque: O-hoy! O-hoy! Também me parece que avistei Tuala na confusão, coberto com a sua cota de malha, arremessando as *tolas*, as facas enormes dos Cacuanas, que dois guerreiros atrás dele traziam em sacos de couro. Lembro-me ainda também de um chefe que, em vez de escudo, erguia, para se defender, o cadáver de um Pardo, e que combatia cantando. De resto, tudo se me confunde na memória; o sangue correndo, os corpos tombando, um grande estridor de armas, um imenso esvoaçar de plumas.

Com o embate das duas colunas nossas sobre os flancos do exército de Tuala, a batalha ficou ganha, e dentro em breve a vasta planície que se estendia entre a nossa colina e a cidade de Lu estava cheia de soldados fugindo em terrível desordem.

O regimento dos Pardos, no entanto (ou o que dele restava), reunira numa pequena elevação de terreno, onde tristemente verificamos que, dos três mil valentes que o compunham, ainda de manhã, apenas acudiam à chamada cento e noventa e cinco homens. Entre eles estava Infandós, que combatera heroicamente, tendo somente um leve golpe no braço. Ignosi, com um grupo de chefes, entre os quais vinha John (ferido numa perna e manquejando), em breve se veio juntar a esta gloriosa falange dos Pardos. E foi seguido dela, como da sua guarda de honra, que o rei, e nós com ele, marchamos sobre a cidade de Lu.

Às portas da cidade, ainda fechadas, estavam já postados grossos destacamentos dos nossos para as atacar. Mas dentro, os soldados de Tuala, inteiramente desmoralizados pela derrota do seu rei, não pareciam dispostos à resistência. Com efeito, às primeiras intimações dos arautos, a ponte levadiça da porta chamada Real foi descida; e, seguindo Ignosi, penetramos enfim na cidade vencida. Nas ruas, às portas das aringas, nos terreiros, por toda a parte se apresentavam soldados, com a cabeça baixa, os escudos e as lanças pousadas aos pés em sinal de submissão, que saudavam Ignosi como rei. Assim chegamos à aringa real. No terreiro silencioso, à porta da sua grande senzala, solitário, abandonado, sem um soldado, sem um cortesão, sem uma das suas mil mulheres, estava Tuala, sentado num escabelo, com o rosto caído sobre o peito, as mãos pousadas sobre os joelhos. Cheguei a sentir uma vaga piedade pelo pobre rei derrotado! Um único ser lhe ficara fiel, Gagula, que, agachada aos seus pés, rompeu num fluxo de injúrias, mal nos viu assomar ao terreiro, seguindo o triunfante Ignosi.

Tuala, esse, não parecia ver, nem sentir. Só quando Ignosi parou, e os soldados bateram em cadência com os contos das azagaias no chão, o

## AS MINAS DO REI SALOMÃO

velho tirano ergueu a cabeça emplumada. Depois, atirando sobre nós um olhar mais reluzente que o grande diamante que lhe ornava a testa:

– Salve, rei! – gritou ele a Ignosi, com amargo escárnio. – Tu que, por feitiços dos homens das estrelas, seduziste os meus regimentos, diz, que sorte me destinas?

– A sorte de meu pai, que tu mataste! – Foi a fria e dura resposta.

– Bem! Saberei morrer, para que te fique como exemplo quando a tua vez chegar. Mas reclamo um privilégio da família real dos Cacuanas. Quero morrer combatendo.

– Concedo – respondeu Ignosi. – Escolhe o teu homem. Eu não posso, porque o rei não se bate em combate singular.

O sinistro olho de Tuala percorreu-nos lentamente a todos. E, como durante um momento se fixou em mim, eu senti ali o mais atroz pavor da minha vida aventurosa! Justos Céus! Se ele quisesse se bater comigo? Também, tomei logo a minha resolução: recusar, fugir, ainda que fosse apupado por toda a nação cacuana! Felizmente, o bruto escolheu:

– Incubu! – exclamou, estendendo a mão para o barão. – Tu que mataste meu filho, quererás tu lutar comigo, ou ser chamado um covarde?

– Não – gritou logo Ignosi –, Incubu não se baterá contigo!

– Decerto não, se tem medo.

Infelizmente o barão compreendera. Todo o sangue lhe subiu às faces. E avançou logo, de machado erguido.

Acudimos, suplicando-lhe que não arriscasse a vida com aquela fera, inteiramente desesperada, de antemão condenada à morte. Provas de heroico valor já ele as dera de sobra! Para que ir-nos despedaçar o coração, se uma desgraça lhe sucedesse?

O barão, porém, permaneceu inabalável.

– Nenhum homem vivo, civilizado ou selvagem, me chamará nunca covarde. Quero bater-me com ele!

Ignosi, bem a custo, cedeu.

– Seja, pois!... Tuala, o grande Incubu vai marchar para ti!

Tuala riu, ferozmente; e os dois gigantescos homens ficaram frente a frente. O primeiro ataque foi o do barão, que lançou sobre Tuala o machado a toda a força. Com um salto, Tuala esquivou o corte, e arremessou outro, em resposta, sobre o barão, que o aparou no escudo. E, durante um momento, houve assim uma viva e faiscante troca de machadadas, que ora bruscos saltos evitavam, ora os broquéis defendiam. Nós nem respirávamos. O regimento dos Pardos, esquecida a disciplina, fizera círculo, e soltava gritos, batia palmas a cada golpe vibrado. John, agarrado ao meu braço, andava aos saltos sobre a perna sã, animando o barão com berros:

– Bravo! Anda-me aí! Esse foi bom! Atira-lho de ilharga!...

Subitamente, um brado de horror ressoou. De uma pancada, Tuala cortara o cabo do machado do barão, que ficava assim desarmado e, erguendo o seu próprio machado, caía sobre ele com um uivo furioso de triunfo. Tudo acabara, eu fechei os olhos... Quando os abri, Tuala e o barão, agarrados um ao outro como dois gatos bravos, estavam rolando no chão; e o barão, com um desesperado esforço, procurava arrancar a Tuala a machada que ele tinha presa ao pulso por uma correia de búfalo. Pareceu-me uma eternidade o tempo que eles assim rolaram um sobre o outro, nessa furiosa luta pela posse do machado. Finalmente a correia quebrou, e com um último, monstruoso arranque, o barão, desprendendo-se de Tuala, ergueu-se de salto, com o machado na mão. Num instante Tuala estava também de pé e ambos tinham as faces a escorrer sangue. Foi Tuala, que, mais rápido, arrancou do cinto o facalhão e o vibrou contra o peito do barão. O valente homem cambaleou, mas a couraça de malha repeliu a facada. De novo Tuala arremeteu com a lâmina, e então o barão, retesando-se todo num esforço, alçou o machado, no momento mesmo em que Tuala se inclinava, e deixou-lhe cair uma machadada, com tremenda força, sobre o pescoço.

Houve um grito enorme. E, coisa pavorosa, vimos a cabeça de Tuala saltar-lhe dos ombros, dar como uma pela dois pulos pelo chão, e rolar até aos pés de Ignosi! Durante um segundo o corpo ficou ereto, com o sangue saindo em grossos borbotões e a fumegar. De repente tombou, com um ruído surdo. E do outro lado o barão caiu também, desmaiado. Erguemo-lo ansiosamente, encharcamos-lhe o rosto em água. Pouco a pouco, abriu os olhos. Estava salvo!

O Sol ia justamente descendo. Eu baixei-me para a cabeça de Tuala, que ali ficara numa poça de sangue, e, desapertando o grande diamante que lhe ornava a testa, entreguei-o solenemente a Ignosi e bradei:

– Salve, rei dos Cacuanas!

Ele apertou o diamante sobre a testa. Depois pousou um pé sobre o peito de Tuala morto, e, cercado dos seus guerreiros, entoou um canto de vitória.

# O REI IGNOSI

Tudo findara gloriosamente. Chegara a hora de repousar; ou, melhor, de convalescer. O barão e o capitão (cuja perna, de todo inchada, o fazia agora sofrer muito) foram levados em braços para a aringa palacial de Tuala. E eu para lá me arrastei, exausto de emoções, com a cabeça consideravelmente dolorida da paulada dessa manhã na defesa do planalto.

O primeiro cuidado foi despir as cotas de malha, tarefa difícil (pelo nosso combalido estado), em que nos ajudou a linda Fulata, que se constituíra, desde o começo da revolta, nossa vivandeira, nossa enfermeira e nosso anjo da guarda.

Arrancadas as cotas, vimos que os nossos pobres corpos eram uma massa medonha de pisaduras negras. No tumulto da batalha tínhamos apanhado decerto muita facada, muita lançada. As pontas dos ferros eram repelidas pela malha impenetrável; mas nem por isso cada um dos golpes arremessados deixava de constituir uma terrível pontada, que nos amolgava corpo e membros. Eu estava positivamente negro de pisaduras. Mas o pior era a ferida de John na perna, e a do barão, a quem uma das machadadas de Tuala cortara profundamente a face sobre a maxila. Fulata preparou-nos uns emplastros de ervas aromáticas, que nos aliviaram as dores. E como o capitão John tinha noções e prática de cirurgia (segundo contei), foi ele que fez o tratamento da ferida do barão e da sua própria, tão bem quanto lho permitiam os poucos fios, o resto da pomada antisséptica que encontrou na sua botica portátil e a escassa luz da lâmpada cacuana. Depois, Fulata arranjou-nos um caldo muito forte, e estendemo-nos nas magníficas peles que juncavam o chão da aringa do rei. Mas não pudemos dormir. De toda a cidade, em torno de nós, subia a triste e ululada lamentação das mulheres, chorando, à maneira dos Zulus, os valentes mortos na batalha. Mesmo ao nosso lado, as carpideiras reais

## AS MINAS DO REI SALOMÃO

estavam carpindo a morte de Tuala, com estridente dor. A noite ia cheia de prantos e, além disso, a cada instante sentíamos os gritos agudos das sentinelas, ou a ruidosa passagem de rondas. Foi só de madrugada que pude cerrar os olhos; os olhos que, apesar de cerrados, continuavam a ver os lances da batalha, com tanta realidade que, por vezes, estremecia em sobressalto e me erguia no cotovelo a procurar as minhas armas, ou a lançar uma ordem de ataque.

Quando, enfim, acordei, com o Sol já alto, soube que os meus dois amigos também não tinham dormido. De fato, o capitão John estava com uma imensa febre e começava a delirar. Além disso, sintoma assustador, toda a noite cuspira sangue. O barão, esse, mal podia ainda mexer o corpo; e a ferida da face não lhe permitia comer, escassamente falar. Eu era, ainda assim, o mais restabelecido. Tomei o delicioso caldo de Fulata, e saí um instante ao terreiro a respirar. Encontrei justamente Infandós que chegava, tão fresco e ágil como se na véspera, em lugar de uma batalha, tivesse celebrado uma festa. Ficou desolado ao saber a doença de John. Entrou um momento na cubata para o ver e o barão, que não se podia ainda levantar e apenas mover os membros sobre o seu fofo leito de peles. Em voz baixa, por causa de John, Infandós contou-nos que todos os regimentos se tinham submetido a Ignosi, que das outras cidades chegavam ferventes adesões, e que o novo reinado se firmava para longas eras de prosperidade e de paz.

Quando ele se retirava, apareceu Ignosi, seguido de uma guarda real. Não pude deixar, ao vê-lo, de pensar nas estranhas revoluções da sorte! Aquele moço, que havia meses, na minha casa em Durban, me pedia para entrar ao meu serviço; ei-lo agora rei, potentado de África, comandando cinquenta mil guerreiros, senhor de povos, de rebanhos e de terras sem conta!

– Salve, rei! – exclamei eu, erguendo-me com respeito.

– Graças a ti, Macumazã, e aos teus amigos! – exclamou ele, apertando-me as mãos com carinho.

Entrou também, como Infandós, na cubata para ver o barão e o pobre John, que dormia um sono de febre, horrivelmente agitado, sob os olhos compassivos e vigilantes da boa Fulata. Depois, quando saímos de novo ao terreiro, conversando, perguntei-lhe o que contava ele fazer de Gagula.

– Gagula é o gênio mau desta terra – disse ele. – Conto mandá-la matar para findar com ela, que já é velha demais!

– Mas tem segredos! Mas sabe muito! – repliquei eu.

– Sabe sobretudo o segredo dos Silenciosos – volveu o rei pousando os olhos em mim com amizade – e o da caverna onde os reis estão enterrados, e o lugar dos diamantes. Ora eu não esqueço a promessa que te fiz, Macumazã. Tu e os teus amigos ireis aos diamantes, guiados por Gagula; e só por isso a poupo.

– Está bem, Ignosi, registro as tuas palavras.

Mas não foi possível, durante essa semana, pensar nos diamantes, porque através de toda ela a vida do nosso pobre John esteve em risco e os nossos corações em ansiedade. Realmente, creio que teria morrido se não fossem os desvelos, a adorável dedicação de Fulata. Dias amargos esses para nós! O barão, já então restabelecido, e eu, nada mais fizemos durante essa crise atroz do que entrar, sair, rondar em pontas de pés a senzala onde ele delirava.

Remédios não tínhamos para lhe dar, além de uma bebida refrescante feita por Fulata com leite e o suco extraído da raiz de uma espécie de tulipa. Só podíamos contar com a forte natureza dele e a boa mercê de Deus.

Em toda a aringa real havia um grande silêncio, porque Ignosi, para manter perfeito sossego em torno ao doente, ordenara que todos os que lá viviam passassem a outras cubatas remotas. Fulata estava permanentemente ao lado dele, sentada no chão, dando-lhe a bebida refrescante, arranjando-lhe as travesseiras feitas das folhas secas de uma planta que faz dormir, enxotando-lhe as moscas do rosto.

No nono dia da doença, à noite, antes de recolher, o barão e eu entramos, segundo o costume, na senzala. A lâmpada colocada no escabelo dava uma luz fúnebre. Não havia um rumor. E o meu pobre amigo jazia perfeitamente imóvel. Pensei que chegara o seu fim, tive um soluço que me sufocou. Mas uma voz, na sombra, murmurou "chuta!".

E, mais de perto, descobrimos que o nosso amigo não estava morto, mas tranquilamente adormecido, sob a carícia das mãos de Fulata, que lhe cobriam a testa, onde um suor fresco começava. Era a crise do nono dia, o sono reparador. O nosso John estava salvo! Dormiu assim dezoito horas. E (mal me atrevo a contá-lo, porque não serei acreditado) Fulata, a admirável, a santa rapariga, dezoito horas se conservou também assim, com as mãos pousadas sobre a testa dele, sem comer, sem se erguer, sem se mexer, com receio de que o menor movimento acordasse o seu doente. Quando ele afinal despertou tivemos de a erguer em braços, porque a heroica enfermeira estava quase desmaiada de debilidade e fadiga.

A convalescença de John foi rápida. Ao fim de outra semana, já passeava pelos arredores da cidade, entre os pomares, à beira do rio, acompanhado por Fulata, que o salvara, e a quem ele votara (segundo dizia) um "reconhecimento eterno". Mas eu não agourava bem daquele "reconhecimento", daqueles passeios bucólicos... Nos olhos de Fulata havia muita meiguice, muita languidez. E John, como marinheiro, era indiscretamente ardente. Depois de uma aventura de guerra, íamos ter, mais perigosa ainda, alguma aventura de amor! Apenas John se considerou a si próprio escorreito e "pronto para outra", Ignosi começou as festas da sua proclamação.

Todos os indunas (chefes supremos) das províncias do reino vieram a Lu prestar vassalagem. Houve revistas de tropas, danças, formidáveis banquetes. Os homens que restavam do regimento dos Pardos foram todos doados com terras e rebanhos, e promovidos a oficiais. Ignosi promulgou na Grande Assembleia que, de ora em diante, não haveria mais *caça aos feitiços*, nem morte sem julgamento. Depois ordenou que, enquanto nós residíssemos no seu reino, gozássemos de honras reais, e recebêssemos sempre, como ele, a saudação de *crum!*

No último dia deste grande festival, eu e os amigos dirigimo-nos ao rei, em grupo, e declaramos-lhe que o momento chegara, de realizar a sua promessa e de nos mandar conduzir ao lugar onde deviam estar as pedras brancas que reluzem.

Ignosi abraçou-nos com grande afeto.

– Não me esqueci, amigos! Já indaguei a verdade, e eis o que sei. Aquela estrada branca que trilhamos acaba além, junto das montanhas chamadas as Três Feiticeiras, onde estão as figuras de pedra, os Silenciosos. Jaz aí uma grande cova, de onde se diz que homens muito antigos, em outras idades, tiravam as pedras que reluzem. Para além dessa cova há uma funda caverna na rocha, terrível, maravilhosa, onde vive a Morte, onde jazem os nossos reis mortos, e para onde Tuala já foi conduzido. E por trás dessa caverna fica uma câmara secreta, de que só Gagula conhece o segredo. Corre também a história de que, há muitas gerações, um branco veio aqui, e foi conduzido por uma mulher a essa câmara secreta, onde viu riquezas sem conta, mas dessas que para os Cacuanas nada valem; o branco, porém, não teve tempo de arrecadar essas riquezas, porque a mulher o traiu, e o rei desses tempos o escorraçou outra vez para além das montanhas...

– A história é verdadeira – acudi eu. – Não te lembras, Ignosi, que nas montanhas, na caverna de gelo, encontramos nós, petrificado, esse homem branco?

– Muito bem me lembro. Por isso vou mandar chamar Gagula, e ordenar-lhe, sob pena de morrer, que vos leve à câmara secreta, meus amigos... e as riquezas que encontrardes, ó meus amigos, são vossas!

Nesse instante, dois guardas apareceram, trazendo agarrada pelos braços a hedionda Gagula, que gania e os amaldiçoava. Mal a largaram, toda ela se abateu e achatou sobre o chão, como um montão de trapos, onde dois olhos ferozes viviam e refulgiam.

– Que me queres tu, Ignosi? – uivou ela. – Não me toques, que te destruo. Treme das minhas artes!

O rei encolheu os ombros.

– As tuas artes não salvaram Tuala. Que me importam as tuas artes? Aqui está o que de ti quero: que mostres aos meus amigos a câmara secreta onde estão as pedras que reluzem.

– Só eu o sei, e nunca o direi! – bradou ela. – Os brancos malditos voltarão levando vazias as mãos malditas!

– Bem – volveu tranquilamente o rei. – Então, Gagula, vais morrer lentamente.

– Morrer! – gritou ela, cheia de terror e de fúria. – Tu não te atreverás, Ignosi! Ninguém me pode matar. Que idade pensas tu que eu tenho? O teu pai conheceu-me; e o pai do teu pai; e o pai que gerou a esse. Ninguém ousará tocar-me, porque sobre esse cairão as desgraças sem fim.

Em silêncio, tranquilamente, Ignosi baixou sobre ela a ponta da sua azagaia:

– Dizes?

– Não!

Ignosi baixou mais o ferro, picou de leve o montão de trapos onde reluziam os dois olhos ferozes.

Com um uivo dilacerante, a horrenda bruxa pôs-se em pé, de salto. Depois tornou a cair, e rolou no chão esperneando.

De novo a lança de Ignosi a procurava.

– Dizes?

– Digo, digo, ó rei! – ganiu ela. – Mas deixa-me viver, e sentar-me ao Sol, e respirar o ar doce, e ter um osso para chupar!...

– Bem; amanhã irás com meu tio Infandós e com meus irmãos brancos a esse lugar, mostrarás a câmara secreta e o esconderijo das pedras que reluzem. Mas tem cautela! Que se em ti houver traição, morrerás devagar, e em tormentos.

– Não, Ignosi! Irei com eles, e tudo mostrarei. Mas a desgraça vem a quem penetra nesse lugar. Outrora veio um homem, encheu um saco dessas pedras brilhantes, e uma grande desgraça caiu sobre ele! E foi uma mulher que o levou, e que se chamava Gagula. Talvez fosse eu! Talvez fosse minha mãe! Ou a mãe de minha mãe! Quem sabe? Será uma alegre jornada... Eu hei de ir, e hei de rir! Vinde, homens brancos, vinde! Vereis, ao passar, os que morreram na batalha, com os olhos vazios, as costelas ocas. A morte vive lá, e está à espera. Será uma alegre jornada!

# A GRANDE CAVERNA

Três dias depois, ao escurecer, estávamos acampados num casebre desmantelado, em frente das Três Feiticeiras, as três montanhas que tantas vezes de longe avistáramos, desde a nossa chegada a Lu, e onde deviam jazer, segundo a tradição dos Cacuanas e o roteiro do velho D. José da Silveira, as minas das pedras que reluzem, as Minas de Salomão! Tínhamos partido de Lu doze dias antes, acompanhados por Infandós, por Fulata (que não deixara mais o "seu doente", o bom John), por Gagula, que vinha numa liteira, e por uma forte escolta de serviçais e soldados. E foi só no dia seguinte, ao amanhecer, que examinamos aquele estranho sítio, tão cheio de terror para os Cacuanas e para nós de maravilhosas promessas.

Nunca eu esquecerei o momento em que, saindo à porta das cubatas, na primeira e fresca luz da manhã, vimos os três montes isolados, em triângulo, um à nossa direita, outro à nossa esquerda, o terceiro ao fundo, em face de nós, erguendo magnificamente ao céu os seus cimos resplandecentes de neve. Um tojo em flor, de um escarlate ardente, cobria as poderosas faldas dos três montes, e seguia ainda, como um tapete igual e contínuo, pelos grandes descampados que os cercavam. A fita branca da estrada de Salomão cortava a direito até à Feiticeira central, a que formava a ponta do triângulo, onde findava brusca e misteriosamente. Aí, junto desse monte, estavam as fabulosas minas, que tinham sido o fim de tantos míseros destinos; o do velho fidalgo português, o do seu descendente, e decerto o daqueles que nós vínhamos procurando desde o Sul e por quem corrêramos tanto perigo e tanta aventura! Todo o que buscar essas minas fabulosas (dizia Gagula) encontrará desilusão e desastre. Seria essa a nossa sorte? Nós chegávamos sob a proteção do rei, cercados de serviçais e de guardas... E apesar disso sentíamos pesar-nos sobre o coração, tristemente, a profecia da horrenda mulher. No entanto, quando nos pusemos a caminho, era tão viva a ansiedade de chegar e de ver que os carregadores da liteira de Gagula mal podiam acompanhar a nossa carreira. A cada instante a velha bruxa gritava, estendendo para nós, por entre os panos da liteira, os braços descarnados, as mãos em garra:

– Não vos apresseis, homens brancos! A morte está à vossa espera e não foge! Para que vos esfalfar, correndo para ela? Certa e segura a tendes!

Dava então uma risadinha que nos arrepiava. Insensivelmente abrandávamos o passo... Depois bem cedo o estugávamos de novo, sob o impulso irresistível da curiosidade e da esperança!

Gastáramos assim hora e meia, trilhando a estrada de Salomão, e tendo já deixado à nossa direita e à nossa esquerda as duas Feiticeiras que formam a base do triângulo, quando chegamos junto de uma imensa cova circular, em funil, oferecendo talvez trezentos pés de profundidade e meia milha de circunferência. Entre a erva e o tojo que interiormente a forravam surgiam grandes pedaços de greda azulada; quase ao fundo corria um canal para água, talhado na rocha viva; e abaixo do nível dessa obra estavam alinhadas umas poucas de mesas de pedra, polidas e gastas pelo tempo. A cova, as mesas, a disposição do canal, a natureza da greda azulada, tudo era semelhante ao que eu muitas vezes vira no Sul, nas minas de diamantes de Kimberley. Assim o disse aos amigos e para mim ficou certo que ali houvera, em tempos, fosse nos de Salomão, fosse noutros mais recentes, uma mina de diamantes.

A estrada, ao abeirar-se da cova, dividia-se em dois ramos que a circundavam; e a espaços, essa via circular era feita de enormes lajes de pedra, com o fim certamente de solidificar as bordas da mina e impedir que se esboroassem. Entretanto o que mais nos surpreendia era, do outro lado da vasta cova, um grupo de três objetos, que se destacavam como três pequenas torres ou três marcos colossais. A curiosidade quase nos fez correr, deixando atrás Gagula e Infandós; e bem depressa percebemos que o grupo era formado por três imensas estátuas. Conjecturamos logo que deviam ser os Silenciosos, esses ídolos tão temidos pelos Cacuanas e a quem ofereciam os sacrifícios sangrentos. Mas só ao chegar junto deles pudemos apreciar a estranha e terrível majestade dessas vetustas figuras.

Separadas por uma distância de vinte passos, erguidas sobre imensos pedestais de pedra negra, onde corriam caracteres desconhecidos, e olhando a direito para a estrada de Salomão, que através de sessenta milhas de planície seguia até Lu, enchiam um grande espaço as três gigantescas formas, duas de homem, uma de mulher, todas três sentadas, medindo talvez cada uma a altura de vinte pés.

A figura de mulher, toda nua, com dois cornos, como os de um crescente de luz, sobre a testa, era de uma maravilhosa beleza, infelizmente estragada pelas injúrias do tempo durante longos séculos. As duas figuras de homem, talvez por estarem vestidas em longas roupagens, pareciam mais bem conservadas. Um deles tinha uma face medonha, feita para inspirar terror, como a de um demônio maléfico; porém a do outro parecia talvez mais assustadora ainda, na sua fria expressão de dura indiferença, de uma indiferença de rocha, que nenhuma prece pode abrandar, ou nenhum sofrimento apiedar. Todos três juntos formavam na realidade uma trindade pavorosa, assim sentados, imóveis, com os olhos vaga e perpetuamente estendidos para a planície sem-fim. Que imagens seriam estas? Deuses? Demônios? Reis de povos cujo nome esqueceu? Eu por mim, das minhas reminiscências da Bíblia, coligia que deviam ser talvez os falsos deuses que adorou Salomão: "Asthoreth, deusa dos Sidônios, Chenosh, deus dos Moabitas, e Milcolm, deus dos filhos de Amnon". Assim diz o Livro Santo.

– Que lhe parece, barão?

– Talvez – concordou o nosso amigo, que recebera grau em Literaturas Clássicas. – A Asthoreth, de que falam os Hebreus, é a Astarte dos Fenícios, os grandes comerciantes do tempo de Salomão. De Astarte fizeram os gregos a sua Afrodite, que se representava com o crescente da meia-lua na cabeça... Se Salomão tinha aqui as suas minas, era natural que fossem dirigidas por engenheiros fenícios. De sorte que provavelmente esses homens ergueram, como padroeira da mina, a estátua da sua deusa. Quem pode saber?

Quando estávamos assim contemplando estas extraordinárias relíquias de uma remota antiguidade, Infandós, que caminhara sem se apressar, chegou junto de nós, e saudou reverentemente com a lança os Silenciosos.

## AS MINAS DO REI SALOMÃO

Vinha saber se queríamos penetrar imediatamente na caverna, ou tomar primeiro a refeição da manhã. Como não eram ainda onze horas, e a nossa curiosidade flamejava, decidimos desvendar logo os mistérios, levando conosco provisões, para se lá dentro a fome, excitada pelas emoções, nos assaltasse. Infandós fez então sinal aos carregadores para que se acercassem com a liteira de Gagula; e Fulata preparou dentro de um cesto, para levarmos, uma porção de caça fria e duas cabaças de água. Nós, entretanto, déramos uma volta em torno às três figuras de pedra. Por trás delas, a uns cinquenta passos, erguia-se aquela das Feiticeiras que formava o bico do triângulo; na sua base, como incrustada nela, corria uma muralha de pedra; e aí, ao centro, podíamos distinguir um arco escuro, como a entrada de uma galeria subterrânea. Esperamos que os carregadores tirassem Gagula da liteira. Apenas no chão, a horrenda criatura agarrou o cajado, e dobrada em duas, com passos trêmulos e vivos, largou em silêncio para o arco escuro. Nós seguimos, calados também. À entrada, o monstro parou, voltado para nós, com um riso lívido na caveira.

– Homens das estrelas, estais decididos? Quereis realmente penetrar na cova onde as pedras reluzem?

– Estamos prontos, Gagula – disse eu, alegremente.

– Bem, bem! Entrai! E pedi força aos corações para afrontar as coisas que ides ver! E tu, Infandós, que traíste teu amo, vens tu também?

O velho guerreiro franziu terrivelmente o sobrolho:

– Não me compete a mim entrar nos sítios sagrados. Mas tu, Gagula, tem cautela, e treme! Os homens que vão contigo são os amigos do rei! Por eles me respondes tu. E se tanto como a perda de um só cabelo lhes suceder em mal, nem todos os teus feitiços te livrarão de morrer em tormentos. Compreendeste?

– Compreendi, compreendi, Infandós! – ganiu ela, com um risinho gelado e lento. – Não receies! Eu vivo só para fazer a vontade do rei! Tenho feito a vontade de muitos reis, em muitas gerações! E os reis findaram sempre por cumprir a minha vontade! Todos passaram, todos morreram. E eu aqui estou, para os ir visitar agora no palácio da morte, e para lhes falar dos tempos que foram! Vinde! Vinde! A lâmpada está acesa. – Tinha tirado de baixo do manto de peles que a cobria uma cabaça cheia de óleo com uma grossa torcida de vime, e a luz que ela aproximou do arco negro pareceu desmaiar e tremer.

– Vens tu também, Fulata? – exclamou John, volvendo os olhos em redor, inquieto.

– Tenho medo, meu senhor – murmurou a rapariga.

– Bem. Então dá cá o cesto!

– Não, meu senhor, para onde fordes, vou eu também!

"Bem!", pensei eu comigo, "aí levamos também o trambolho da rapariga para dentro da mina!".

No entanto Gagula mergulhara na galeria, que dava apenas lugar para dois caminharem de frente. As trevas eram absolutas. Asas de morcegos batiam-nos nas faces. E seguíamos menos a luz bruxuleante da lâmpada que a voz de Gagula, que repetia num tom lúgubre:

– Avançai, avançai! A morte está perto!

De repente distinguimos uma vaga claridade. E, momentos depois, parávamos no mais maravilhoso sítio que os olhos humanos têm contemplado.

A nada o posso comparar melhor do que ao interior de uma imensa catedral, uma catedral de sonho ou de lenda, sem janelas, alumiada por uma luz difusa e misteriosa, que parecia cair das alturas da abóbada. Ao comprido desta nave, como na nave de um verdadeiro templo, corriam renques de gigantescas colunas, de uma cor álgida de gelo e de magnífica beleza. Alguns destes nobres pilares estavam, por assim dizer, interrompidos no meio; um pedaço erguendo-se do solo, como a coluna quebrada de uma ruína grega, outro pedaço pendente da remota abóbada. Aos lados da nave abriam-se, com dimensões diversas, cavernas à semelhança de capelas, tendo também as suas filas de colunas, algumas tão pequeninas e finas como feitas para um brinquedo de criança. Aqui e além havia construções estranhas, da mesma substância álgida que parecia gelo; uma da forma de uma vasta taça, outra oferecendo a vaga aparência de um púlpito com lavores pendentes. Um ar de indescritível frescura circulava dentro da vasta nave e por toda a parte sentíamos, na penumbra, o ruído lento de gotas de água caindo.

As Minas do Rei Salomão

Não tardamos em perceber que estávamos simplesmente numa caverna de estalactites, de inigualável beleza. Cada uma daquelas gotas de água que caía, com um som úmido e triste, era mais uma coluna que se estava formando. Há quantos séculos andava a natureza trabalhando naquela obra maravilhosa? Sobre uma das colunas incompletas, notei eu uma rude inscrição entalhada decerto por algum obreiro fenício das minas, que ali escrevera o seu nome, ou talvez alguma facécia fenícia. Pois, desde esse dia, em três mil anos pelo menos, a coluna apenas crescera para cima da inscrição uns três pés e meio. E ainda estava em via de formação, porque eu distintamente senti, enquanto a examinava, cair sobre ela, das profundidades da abóbada, uma lenta gota de água! Quantos centos de milhares de anos levaram pois a crescer, a formar-se, assim largas, maciças, altas como torres, as colunas inumeráveis que se enfileiravam na nave? Nunca, como ali, eu compreendi a espantosa velhice da Terra. Gagula, porém, não nos deixou muito tempo nesta curiosa contemplação. Inquieta, batendo no chão com o cajado, a lâmpada erguida sobre a cabeça, a cada instante nos apressava, com ganidos sinistros.

– Vamos, vamos, que a Morte está à nossa espera!

O capitão John ainda tentava gracejar com a atroz criatura. Mas quando ela nos conduziu ao fundo da nave, diante de uma pequena porta semelhante às dos templos egípcios, e nos perguntou se estávamos bem preparados a entrar a morada da Morte, todos estacamos, inquietos, mudos, sem ousar o primeiro passo.

– Isto está se tornando sinistro – murmurou o barão. – Os mais velhos adiante, passe lá, Quartelmar.

Entrei a porta egípcia e achei-me num corredor inclinado, todo de abóbada, horrivelmente negro. A lâmpada de Gagula esmorecia. O bater do seu cajado dava um eco lúgubre. E a meu pesar parei, dominado por um pressentimento de desastre e de morte.

– Para diante! Para diante! – murmurou John, que trazia Fulata agarrada pela mão.

Com um esforço desesperado venci o receio, alarguei o passo. E, quase colados uns aos outros, desembocamos numa sala subterrânea, evidentemente escavada outrora por poderosos obreiros no interior da montanha.

Essa sala não tinha uma luz tão clara como a catedral de estalactites; e tudo o que eu pude descobrir, a princípio, foi uma enorme e maciça mesa de pedra, tendo no topo uma colossal figura, que parecia presidir outras figuras abancadas em torno. Depois, sobre a mesa, no centro, distingui uma forma encruzada. E quando enfim, acostumado à penumbra, percebi o que eram aquelas formas, voltei costas, e largaria a fugir como uma lebre se o barão não me agarrasse pelo braço fortemente. Cedi, tremendo todo. Mas a esse tempo o barão também se habituara à luz difusa, compreendera também, e largando-me o braço, com uma exclamação, ficou a meu lado, quedo, arrepiado, limpando o suor que lhe cobrira a testa. A pobre Fulata, essa, dava gritos, agarrada ao pescoço de John. E Gagula triunfava, com sinistra zombaria.

O que tínhamos, com efeito, ante os olhos apavorados, era terrível. Ali, no topo da longa mesa de pedra, estava a Morte; a própria Morte, um medonho e gigantesco esqueleto, de pé, todo debruçado para diante, com um dos braços apoiado ao rebordo da pedra como se acabasse de se erguer do seu assento, e com o outro levantando no ar uma enorme lança, que parecia arremessar sobre nós; o crânio da caveira alvejava lugubremente; das covas das órbitas saía um fulgor negro; e as maxilas estavam entreabertas, como se fosse falar, e desvendar o seu segredo.

– Santo Deus! – murmurei eu, transido. – Que pode isto ser?

– E estas figuras, em redor? – balbuciava John.

– E além, aquela coisa, no meio? – exclamou o barão, apontando para a inexplicável figura encruzada sobre a mesa.

Então Gagula pousou a lâmpada e agarrando o braço do barão, com o dedo estendido para a forma encruzada:

– Avança, Incubu, homem forte na guerra! Avança, e contempla aquele que tu mataste e que está agora junto aos seus avós!

O barão deu um passo, e recuou abafando um grito. Sobre a mesa, inteiramente nu, com as pernas encruzadas, e a cabeça que o barão cortara pousada em cima dos joelhos, estava Tuala, último rei dos Cacuanas!... Sim, Tuala, sustentando solenemente sobre os joelhos a sua hedionda cabeça decepada e com as vértebras a saírem-lhe para fora do pescoço encolhido e como ressequido! Sobre todo o corpo negro tinha já uma espécie de película gelatinosa e vidrada, que o tornava mais pavoroso, e cuja natureza eu não podia compreender; até que senti, *tique, tique, tique,* um fio de gotas de água, que, caindo da abóbada, lhe escorria pelo pescoço, e dali pelo corpo, para se escoar depois por um buraco cavado na mesa. Então percebi tudo: o corpo de Tuala estava sendo convertido numa estalactite!

E as outras figuras sentadas em torno da mesa eram igualmente reis dos Cacuanas, já transformados em estalactites! Havia trinta e sete, sendo o último o pai de Ignosi. É essa, desde tempos imemoráveis, a maneira por que os Cacuanas conservam os seus reis mortos. Petrificam-nos, expondo-os, durante um longo período de anos, a uma queda de água siliciosa que, lentamente e gota a gota, os transforma em estátuas geladas.

Estávamos assim diante do mais maravilhoso e exótico panteão real que existe decerto na Terra. E nada pode igualar a terrífica impressão que causava aquela série de reis, pertencendo a muitas dinastias, amortalhados numa camada de gelo que mal lhes deixava já distinguir as feições, ali sentados, à volta da imensa mesa, em espectral e pavoroso concílio, presididos pela Morte!

E a Morte, o maravilhoso esqueleto, quem o esculpira? Não decerto os Cacuanas. A sua composição, o seu trabalho revelavam uma arte perfeita. Era obra dos artistas fenícios? Fora colocada ali em tempo de Salomão, para guardar, pelo terror da sua lança, a entrada dos tesouros? Não sei. Nem sei mesmo contar, com verdade, as estranhas sensações por que passei naquela câmara sinistra.

# O TESOURO DE SALOMÃO

No entanto Gagula (que era por vezes extremamente leve e ágil) trepara para cima da mesa e acercara-se do cadáver de Tuala, a quem pareceu falar misteriosamente; depois seguiu por entre as filas dos reis, dirigindo, ora a um, ora a outro, como a velhos amigos, palavras lentas e graves que não compreendíamos. Por fim, tendo chegado em frente da Morte, caiu de bruços, com os braços estendidos, e ficou mergulhada em oração.

Era um espetáculo tão arrepiador, naquela penumbra de sepulcro, a hedionda criatura, mais velha que todas as criaturas, fazendo súplicas ao enorme esqueleto, que eu, já enervado, lhe gritei que viesse, nos levasse ao lugar dos tesouros. Imediatamente, a horrível bruxa saltou da mesa, como um gato, e, passando por trás das costas da Morte, ergueu a lâmpada, mostrou a parede da rocha:

– Entrai, homens brancos, entrai, se não tendes medo!

Olhamos, procurando a entrada. Só vimos a rocha sólida e negra.

– Gagula – disse eu com os dentes cerrados –, não zombes de nós, que te mato!

– Mas a porta é aqui, homens brancos, a porta é aqui! – gania ela, com as costas apoiadas à muralha, onde roçava de leve uma das suas mãos descamadas.

E então, à luz bruxuleante da lâmpada, vimos que um bocado da muralha, de feitio e tamanho de uma porta, se ia erguendo lentamente do solo, e desaparecendo em cima na rocha, onde devia existir uma cavidade para a receber. Não pesava menos, aquela massa de pedra, de vinte a trinta toneladas, e era certamente movida por algum maquinismo, fundado num equilíbrio de peso, que uma mola, colocada num lugar secreto da muralha, punha em movimento. Nem nos lembrou, nesse momento, arrancar a Gagula o segredo da mola que erguia a pedra! Pasmados, víamos

AS MINAS DO REI SALOMÃO

a imensa massa subir, devagar, muito devagar, até que desapareceu, deixando diante de nós um grande buraco negro.

Estava enfim aberto, para nós nele penetrarmos, o caminho que levava aos tesouros de Salomão. A emoção foi tão intensa, que eu, por mim, comecei a tremer. Era pois verdade o que dizia, no seu pedaço de papel, o velho D. José da Silveira? Estavam pois ao nosso alcance, destinadas a nós, as maiores riquezas que jamais um rei acumulou na Terra? Poderíamos nós ver, tocar, agarrar e levar em sacos o tesouro que fora de Salomão, maravilha dos livros santos? Assim parecia, e para isso bastava dar apenas um passo.

Dei esse passo, e com explicável sofreguidão. Mas Gagula defendia ainda com os braços o buraco negro:

– Escutai, homens das estrelas! Escutai o que é necessário saber! As pedras que brilham, que vós ides ver, foram tiradas da cova circular não sei por quem, e guardadas aqui não sei por quem. A gente que, de geração em geração, tem vivido nesta terra, sabia da existência do tesouro, mas ninguém conhecia o segredo para abrir a porta de pedra! Por fim aconteceu vir aqui um homem branco, talvez também das estrelas, que foi bem recebido e bem agasalhado pelo rei de então, que era o quinto, além, sentado à mesa de pedra. Com ele vinha uma rapariga cacuana; ambos percorreram estas cavernas; e sucedeu que, por acaso, essa mulher, que talvez fosse eu ou que talvez fosse outra como eu, descobriu o segredo da porta. O homem e a mulher entraram, e encheram de pedras um saco pequeno de couro, onde ela levava de comer. Ao saírem, o homem agarrou na mão outra pedra, maior que todas...

E aqui a bruxa parou, com os olhos coruscantes cravados em nós.

– Continua! – exclamei eu, que escutara sem respirar. – O homem era D. José da Silveira. Que se passou mais?

A velha feiticeira recuou espantada.

– Como lhe sabeis o nome? Ah! sabeis-lhe o nome!... Pois bem, ninguém pode dizer o que sucedeu. Mas o homem teve medo de repente, atirou para o chão o saco cheio de pedras, e fugiu, levando só agarrada a pedra maior que tinha na mão. É a que Tuala trazia no diadema. É a que tu deste a Ignosi!

– E ninguém mais entrou aqui?

– Ninguém. Mas os reis ficaram sabendo o segredo da porta... Nenhum, porém, entrou, porque dizem profecias já muito antigas que aquele que aqui entrar morrerá antes de uma lua nova. Esta é a verdade, homens das estrelas. Entrai agora! Se eu não menti a respeito do homem que se chamava Silveira, vós encontrareis no chão, à entrada da porta, caído, o saco de couro cheio de pedras... E se as profecias mentem ou não, sobre a morte que espera a quem aqui penetrar, vós mais tarde o sabereis...

E sem mais, a hedionda criatura mergulhou no corredor tenebroso, erguendo ao lado a pálida lâmpada. Nós, no entanto, olhávamos uns para os outros com hesitação, quase com medo, bem natural, de resto, em nervos abalados por tantas emoções estranhas. Foi John o mais corajoso:

– Acabou-se! Cá vou! Era ridículo ficarmos apavorados com as tontarias de uma velha macaca. Adiante!

E avançou seguido por Fulata e por nós dois, em silêncio. Mas, dados alguns passos, ouvimos uma medonha praga. Era John que tropeçara, quase caíra sobre um bloco de cantaria atravessado no corredor. Gagula erguera mais a lâmpada:

– Não receeis!... São pedras que a gente de outrora tinha aí acumulado para tapar o corredor para sempre... Mas fugiram, ao que parece, não tiveram tempo!

E, com efeito, havia ali como umas obras interrompidas: pedras serradas e esquadradas, um monte de cimento, e uma picareta e uma trolha, semelhantes às que ainda hoje usam os pedreiros. Contemplei com reverência essas antiquíssimas ferramentas. No entanto Fulata, que desde a nossa entrada na caverna não cessara de tremer de medo, sentou-se sobre uma pedra, e declarou que desmaiava, não podia mais caminhar... Ali a deixamos, com o cesto de provisões ao lado, até que ela ganhasse alento. E seguimos. Uns quinze passos diante, demos de repente com uma porta de pau, curiosamente pintada a cores, e toda aberta para trás. E no limiar da porta, lá estava, caído no chão, um pequeno saco de couro que parecia cheio de seixos!

– Então, brancos, que vos disse eu? – ganiu Gagula em triunfo, brandindo a lâmpada. – Olhai bem! Aí tendes o saco que o homem deixou cair. Aí está ainda, desde gerações! Que vos disse eu?

John ergueu o saco. Era pesado e tinia.

AS MINAS DO REI SALOMÃO

– Santo Deus! Está cheio de diamantes! – balbuciou ele quase com medo.

E com efeito, meus amigos! A ideia de um saco de couro repleto de diamantes é de causar medo!

– Para diante, para diante! – exclamou o barão, com súbita impaciência. – Dá cá tu a lâmpada, bruxa!

Arrancou a luz das mãos de Gagula. E de tropel com ele, sem sequer pensar mais no saco que John atirara outra vez para o chão, transpusemos a porta. Estávamos dentro do tesouro de Salomão.

Durante um momento, olhamos vagamente em redor, num silêncio apavorado. À luz débil e mortiça da lâmpada só percebemos, ao princípio, que o quarto ou câmara era escavado na rocha viva. Depois, a um dos lados, vimos distintamente alvejar, sobrepostos em camadas até à abóbada, uma porção imensa de dentes de elefante, de inigualável riqueza. Haveria talvez uns quinhentos ou seiscentos dentes. Só aquele marfim nos poderia tornar a todos ricos para sempre. Era desse espantoso depósito que Salomão fizera talvez o "grande trono de marfim" de que falam os livros santos! Toquei um dente de leve, depois outro, com veneração, como relíquias sagradas! E o suor caía-me em bagas.

– Ali estão os diamantes – gritou John. – Trazei a luz!

Corremos para o recanto que ele indicava. E a lâmpada que o barão baixara mostrou umas dez ou doze caixas de madeira, estreitas e muito compridas, pintadas de escarlate. A tampa de uma, tão antiga que mesmo naquele ar seco de caverna tinha apodrecido, apresentava vestígios de arrombamento. Pelo menos no meio havia um buraco. Enterrei a mão através, e tirei-a cheia, não de diamantes, mas de moedas de ouro, como nós nunca víramos, com letras hebraicas (ou que julgamos hebraicas) e palmeiras e torres em relevo no cunho.

– Justos Céus! – murmurei sufocado. – Aqui devem estar milhões! Isto nem se acredita!... Naturalmente era o dinheiro para pagar as férias aos mineiros... Estaremos nós a sonhar?

– Mas os diamantes – exclamava John, percorrendo sofregamente o quarto. – Onde estão, por fim, os diamantes? Só se o português os meteu todos no saco!

Gagula, decerto, compreendeu os nossos olhares, que buscavam avidamente:

– Além, além, onde é mais escuro! Lá estão os três cofres de pedra, dois selados, um aberto!

A sua aguda voz tomara um som cavo e sinistro. Mas quê! Onde ia agora, diante de tão inverossímeis riquezas, o medo das profecias mortais? Era além no recanto escuro? Para lá corremos, sondando com a lâmpada.

– Aqui, rapazes! – gritou John, na maior excitação.

– Aqui. Ó meu Deus! São três arcas de pedra!

E eram! Eram três arcas de pedra que nos davam pela cintura, ocupando os três lados de uma espécie de alcova tenebrosa. Duas estavam fechadas com imensas tampas de pedra. A tampa da terceira estava encostada à muralha. Baixamos a lâmpada para dentro. Não pudemos distinguir nada ao princípio, deslumbrados por uma vaga refração prateada que faiscava e tremia. Quando os olhos se habituaram àquele brilho estranho, vimos que a arca imensa estava cheia até ao meio de diamantes brutos! Mergulhei as mãos neles. Com efeito! Eram diamantes. Uma arca cheia de diamantes! Não havia dúvida! Bem lhes sentia eu entre os dedos aquele macio especial que em Kimberley, nas minas, chamam saponáceo! Era uma arca cheia de diamantes!

Ficamos, mudos, olhando uns para os outros. À frouxa luz da lâmpada eu via as faces dos meus amigos perfeitamente lívidas. E não havia em nós nenhuma alegria. Era um torpor, como se a alma nos ficasse bruscamente esmagada sob a fabulosa infinidade daquela riqueza.

Eu murmurei, com um suspiro de criança:

– Somos os homens mais ricos deste mundo!

John passava os dedos pelo queixo, numa distração quase melancólica:

– Eu sei lá!... Os diamantes agora perdem de valor; ficam como vidro!

– E transportá-los? E transportá-los? – dizia o barão, abanando a cabeça.

De repente sentimos por trás uma risada que nos estarreceu. Era Gagula. Gagula que ia, vinha, às voltas, na sala escura, como um morcego, de braço estendido para nós.

– Ih! Ih! Ih! Aí está satisfeito o desejo vil dos vossos corações, homens das estrelas! *Ih! Ih! Ih!* Quantas pedras brancas! Milhares delas! E todas vossas! Agarrai nelas! Rolai por cima delas! *Ih! Ih! Ih! Comei* as pedras! *Ih! Ih! Ih! Bebei* as pedras!

Havia alguma coisa de tão grotesco naquela ideia de beber diamantes e comer diamantes, que larguei a rir estridentemente, desbragadamente. E, por contágio, os meus companheiros desataram também a rir, a rir, às gargalhadas. E ali ficamos todos, de mão nas ilhargas, perdidos a rir, a rir, a rir! Ríamos de quê? Nem sei. Ríamos dos diamantes, daqueles diamantes que, milhares de anos antes, os mineiros de Salomão tinham escavado para *nós*. Pertenciam a Salomão... Mas onde ia Salomão? Eram *nossos*, agora, os seus diamantes! Não tinham sido para Salomão, nem para Davi, seu pai, nem para nenhum rei de Judá! Não tinham sido para o atrevido e velho fidalgo português, nem para nenhum dos portugueses que vinham singrando de Leste em caravelas armadas! Tinham sido para *nós*! Só para *nós*! Para nós aqueles milhões e milhões de libras, que, neste século, em que o dinheiro tudo domina, nos tornavam tão poderosos como outrora Salomão. De fato éramos *Salomões*!

De repente o acesso de riso findou. E ficamos a olhar uns para os outros, estupidamente.

– Abri as outras arcas! – gania no entanto Gagula. – Estão também cheias! Todas as pedras são vossas! Fartai-vos, fartai-vos!

Em silêncio, com uma sofreguidão brutal, arremessamo-nos sobre as outras arcas, quebrando os selos, empuxando as tampas, num desesperado esforço! *Hurra!* Cheias também! Cheias até cima!... Não, a terceira estava quase vazia. Mas todas as pedras que continha eram escolhidas, de um peso, de um tamanho inacreditáveis. Havia-as como ovos pequenos. As maiores, todavia, postas contra a luz, apresentavam um vago tom amarelo. Eram "diamantes de cor", como eles dizem em Kimberley, nas minas. Tinha eu um destes na mão, enorme, quando, de repente, ouvimos gritos aflitos do lado do corredor. Era a voz de Fulata:

– Acudam! Acudam! Que a porta de pedra está a cair!

Uma outra voz, desesperada, a de Gagula, rugia sinistramente:

– Larga-me, rapariga, larga-me!

– Acudam! Acudam! Ai Gagula que me matou!

Como contar o brusco, pavoroso lance? Corremos. À luz frouxa da lâmpada vimos a porta de pedra descendo, e, junto dela, Gagula e Fulata enlaçadas numa luta furiosa. De repente Fulata caiu, coberta de sangue. Gagula atirou-se ao chão, para fugir como uma cobra através da fenda que havia ainda entre o chão e a porta. Meteu a cabeça e os ombros!... Justos Céus! Era tarde. A pedra imensa apanhou-a, e a criatura uivou de agonia! A pedra desceu, desceu com as suas trinta toneladas, sobre o corpo já preso. Vinha dele gritos e gritos, como eu jamais ouvira, até que houve um som horrível de coisa *esborrachada,* e a porta imensa ficou imóvel, fechada, justamente quando nós, correndo sempre, esbarramos de roldão contra ela!

Isto durara quatro segundos; quatro séculos. Voltamos então para Fulata. A pobre rapariga tinha uma grande facada e estava a morrer.

– Ah Boguã! – Era assim que os Cacuanas chamavam a John. – Ah Boguã! – exclamou, sufocada, a bela criatura. – Gagula saiu fora. Eu não a vi, estava meio desmaiada. Então a porta começou a descer... Ela ainda entrou, foi olhar para vós... Depois tornava a sair, quando eu a agarrei, e ela me deu uma facada, e agora morro!

– Pobre rapariga! Minha pobre rapariga! – gritava John.

E como não podia fazer outra coisa, começou a dar-lhe beijos, longos beijos. Ela sorria, arfando, com as pálpebras cerradas. Depois:

– Macumazã, estás aí?... Já mal vejo... Estás aí?...

– Estou, Fulata. Que queres?

– Fala por mim, Macumazã. Diz a Boguã que não me compreende bem. Diz-lhe que o amei sempre, desde o primeiro dia, que o amo... Mas que morro contente, porque ele não se podia prender a uma rapariga como eu... O Sol não se casa com a noite.

Teve um suspiro. A sua mão errante procurava em redor.

– Macumazã, estás aí? Diz-lhe que me aperte mais contra o peito, para eu sentir os seus braços. Assim, assim... Diz-lhe que um dia hei de tornar a vê-lo nas estrelas... Que hei de ir de estrela em estrela, à procura dele. Macumazã, diz-lhe ainda que o amo, diz-lhe ainda...

Os lábios sorriam, sem falar. Estava morta. As lágrimas caíam, quatro a quatro, pela face do meu pobre John.

– Morta! – murmurava ele, agarrando ainda as mãos de Fulata. – Já não me ouve! E não a tornar a ver, não a tornar a ver!

AS MINAS DO REI SALOMÃO

O barão disse então, devagar, e numa estranha voz:

– Não tardará, amigo, que a tornes a ver.

– Como assim?

– Ó homens, pois não percebestes ainda que estamos enterrados vivos?

Foi então, só então, que, pela primeira vez, compreendi o indizível horror do que nos sucedia! Sim, com efeito! A enorme massa de pedra estava fechada. O único ser que lhe conhecia o segredo jazia esborrachado por ela, sob ela. Forçá-la, só se tivéssemos ali massas de dinamite! Estava fechada para sempre! E nós ali fechados, detrás dela!

Durante momentos ficamos mudos, com os cabelos em pé, junto do cadáver de Fulata. Toda a força de homens, a coragem de homens, fugia de nós bruscamente. Éramos seres inertes. E compreendíamos agora todo o plano monstruoso de Gagula; as suas ameaças, as suas ironias, o seu sinistro convite para *bebermos* e *comermos* os diamantes. Sim, era o que tínhamos para beber e comer! Desde Lu, decerto, ela viera planeando a traição, e só nos trouxera à caverna para nos deixar lá dentro, morrendo junto dos tesouros que apetecêramos!

– É necessário fazer alguma coisa – exclamou o barão, numa voz rouca. – Ânimo, rapazes! A lâmpada vai findar. Vejamos se, por acaso, podemos achar o segredo, a mola que move a rocha.

Recobramos um momento de energia, e, escorregando no sangue da pobre Fulata, rompemos a apalpar ansiosamente a porta e as paredes do corredor. Não achamos nada, em mais de uma hora de desesperada busca, que nos esfolou as mãos.

– A mola, se tal mola há, está do lado de fora – disse eu. – Foi por isso que Gagula saiu, como disse Fulata. Depois, se voltou, é porque se queria certificar que estávamos bem entretidos com os diamantes... Malditos sejam eles, e maldita seja ela!

– De resto – lembrou o barão –, se a infame bruxa tentou fugir pela fenda, é que sabia bem que, pelo lado de dentro, não podia levantar a rocha. Não há nada a fazer com a porta. Vamos ver outra vez na câmara.

Levantamos então, com respeito e cuidado, o corpo de Fulata, fomo-lo colocar dentro, no chão, com os braços em cruz, junto das arcas de dinheiro. Depois vim buscar o cesto de provisões. E sentados junto dos cofres de pedra, atulhados de riquezas que não nos podiam salvar, dividimos as provisões em doze pequenos lotes, que, a dois repastos por dia, nos poderiam sustentar a vida por dois dias. Além da caça fria e das carnes secas, tínhamos duas cabaças de água.

– Bem, jantemos – disse o barão –, que é talvez o nosso penúltimo jantar neste mundo.

Pouco era o apetite, naturalmente. Mas havia horas que estávamos em jejum, e aquela parca comida, molhada com avaros goles de água, reconfortou-nos e deu-nos um vago alento de esperança. Começamos então a examinar sistematicamente as paredes da nossa prisão, contando com a remota possibilidade de que existisse, além da porta da rocha, outra saída. Esquadrinhamos todos os recantos, arredamos todas as arcas, batemos as muralhas, sondamos o solo, exploramos a abóbada. Ficamos exaustos, sem achar nada. A lâmpada espirrava e amortecia. Quase todo o óleo estava chupado.

– Que horas são, Quartelmar? – perguntou o barão.

Tirei o relógio. Eram seis horas. Tínhamos entrado às onze na caverna.

– Infandós há de dar pela nossa falta – lembrei eu. – Se nos não vir voltar esta noite, decerto nos vem procurar...

– E então? – exclamou o barão. – De que serve? Infandós não conhece o segredo da porta, ninguém o conhecia senão Gagula. Ainda que conhecesse a porta, não a podia arrombar. Nem todo o exército dos Cacuanas, com as suas azagaias, pode furar cinco pés de rocha viva. Ninguém nos pode salvar senão Deus!

Houve entre nós um longo, grave silêncio. De repente a luz flamejou, mostrando, num relevo forte, todo o interior da câmara, o grande monte dos marfins brancos, as arcas de dinheiro pintadas de vermelho, o corpo da pobre Fulata estirado diante delas, o saco de couro cheio de diamantes, a vaga refração que saía dos cofres de pedra abertos, e as lívidas faces de nós três, ali sentados a um canto, à espera da morte. Depois a luz bruxuleou e morreu.

# NAS ENTRANHAS DA TERRA

Não me é possível descrever, com exatidão, as agonias daquela noite. E ainda assim a divina misericórdia permitiu que dormíssemos a espaços. Mas o brusco acordar, a cada instante, era pungente. Por mim, o que mais me torturava era o silêncio. Um silêncio tenebroso, tangível, absoluto; o silêncio de uma sepultura cavada nas profundidades rócheas do globo, e onde todas as artilharias troando, e as trovoadas do céu estalando, não poderiam fazer chegar a menor vibração de som, fosse ele ao menos tão leve como um leve zumbir de mosca... E então, acordado, a monstruosa ironia da nossa situação ainda mais me acabrunhava. Em torno de nós jaziam riquezas incontáveis, bastantes para pagar as dívidas de muitos estados, construir frotas de couraçados, erguer palácios todos feitos de ouro, saciar todas as fomes, satisfazer todas as imaginações... E de que nos serviam? Uma pouca de pedra bruta sem valor, mas que nós não podíamos quebrar com as nossas mãos, tomavam-nas inúteis, tão sem valor como a própria pedra! Uma arca inteira de diamantes daríamos nós com infinito prazer por um pouco de pão, ou por outra cabaça de água. Mais! Daríamos todas as arcas de diamantes pelo privilégio de morrer de repente, sem sentir, sem sofrer! Na verdade, o que é a riqueza? Sonho, estúpida ilusão!

– John – disse o barão, do seu canto, num dos momentos em que eu assim pensava –, quantos fósforos te restam?

– Oito.

– Acende um, vê as horas.

A chama quase nos deslumbrou depois da intensa treva. Eram cinco horas no meu relógio. A alvorada estaria agora clareando as alturas da serra! A brisa espalharia o aroma do rosmaninho em flor! Os soldados de Infandós começariam agora a mexer-se nas suas mantas, junto das fogueiras apagadas, e as nascentes de água, junto deles, cantariam de rocha em rocha. De assim pensar, as lágrimas umedeceram-me os olhos.

– Era melhor comermos alguma coisa – sugeriu o barão.

– Para quê? – exclamou John. – Quanto mais depressa acabarmos com isto, melhor!

– Enquanto Deus permite a vida, é que permite a esperança! – respondeu o barão gravemente.

Repartimos uma pouca de carne-seca e de água. Enquanto comíamos, um de nós lembrou que nos avizinhássemos da porta, e gritássemos com toda a força, porque talvez Infandós, andando já na caverna à nossa procura, ouvisse o remoto som das nossas vozes. John, que, como marinheiro, tinha o hábito de gritar, desceu o corredor às apalpadelas, e começou a berrar furiosamente. Nunca, decerto, ouvi uivos iguais; mas foram tão ineficazes como um murmúrio de inseto. O resultado único foi que John voltou com a garganta ressequida, e teve de chupar um trago da pouca água que restava. Gritar só nos fazia sede. Desistimos desse esforço inútil.

De sorte que nos agachamos de novo junto dos cofres cheios de diamantes, naquela horrível inação que era um dos nossos maiores tormentos. E eu, então, cedi ao desespero. Deixei cair a cabeça no ombro do barão, e desatei a chorar. Do outro lado o pobre John soluçava também.

Grande alma, e corajosa, e doce, era a do barão. Se nós fôssemos duas criancinhas assustadas, e ele a nossa mãe, não nos teria animado e consolado com maior carinho. Esquecendo a sua própria sorte, fez tudo para nos serenar, contando casos de homens que se tinham encontrado em lances terrivelmente iguais, e que milagrosamente tinham escapado. Depois levava-nos a considerar que, no fim de tudo, nós estávamos simplesmente chegando àquele fim a que todos têm de chegar, que tudo em breve acabaria, e que a morte por inanição é suave (o que não é verdade). E enfim, com um modo diferente, pedia-nos que nos abandonássemos à misericórdia de Deus, e lhe rogássemos, na nossa miséria, um olhar dos seus olhos piedosos. Natureza adorável, a deste homem! Quanta serenidade, e quanta força! Eu, por mim, acolhia-me a ele como a um grande refúgio. E, por sua exortação, rezei e serenei.

AS MINAS DO REI SALOMÃO

Assim passou o dia (se tal treva se pode chamar dia), até que acendi outro fósforo, olhei o relógio. Eram sete horas!

Pensamos então em comer. E quando estávamos dividindo a carne-seca, ocorreu-nos, de repente, uma ideia estranha.

– Por que é – disse eu – que o ar aqui se conserva tão fresco? É um pouco espesso, mas é fresco.

– Santo Deus! – exclamou John erguendo-se com um pulo. – Nunca pensei nisso! Com efeito, é fresco... Não pode vir de fora pela porta de pedra, porque reparei perfeitamente que ela desliza dentro de quelhas... Tem de vir de outro sítio. Se não houvesse uma corrente de ar, devíamos ficar sufocados, quando aqui entramos ontem... Agora mesmo devíamo-nos sentir abafados. Evidentemente, o ar é renovado. Vamos a ver!

Ainda ele não findara, já nós andávamos, de gatas, às apalpadelas, na escuridão, procurando sofregamente qualquer indicação de buraco ou fenda por onde entrasse ar. Houve um momento em que pousei a mão no quer que fosse de gelado. Era a face da pobre Fulata, já rígida.

Durante uma hora, ou mais, passamos assim apalpando todos os cantos, até que o barão e eu desistimos, esfalfados, e todos pisados de ter constantemente batido com a cabeça nos muros, nos dentes de elefante e nas esquinas das arcas. Mas John continuou, sem perder a esperança, declarando que "era melhor aquilo que pensar na morte, de braços cruzados".

De repente, teve uma exclamação:

– Ó rapazes! Aqui! Vinde cá.

Com que precipitação corremos para o canto de onde ele falara!

– Quartelmar, ponha aqui a mão, onde está a minha. Aí. Que sente?

– Parece-me que sinto um fio de ar.

– Agora ouça!

Ergueu-se, e bateu com o pé no chão. Uma imensa esperança relampejou-nos na alma. A laje *soava oco*.

Com as mãos a tremer acendi um fósforo. Estávamos num recanto, de que ainda não suspeitáramos, e aos nossos pés, na laje que pisávamos, e como incrustada nela, havia uma grossa argola de pedra. Não tivemos uma palavra, na imensa excitação que de nós se apoderou. John tinha

161

uma navalha, com um desses ganchos que servem para extrair pedras pequenas das ferraduras dos cavalos. Ajoelhou e começou a raspar com o gancho em torno da argola. Raspou, raspou até que conseguiu introduzir a ponta do gancho sob a argola, levantá-la pouco a pouco, pô-la a prumo. Depois deitou-lhe as mãos, e puxou desesperadamente. Nada se moveu.

– Deixai-me ver a mim! – exclamei com impaciência.

Agarrei, pondo toda a minha força no puxão contínuo e intenso. Escalavrei as mãos. A pedra não se moveu. Depois foi o barão. Sentíamo-lo gemer. A pedra não se moveu.

De novo John se atirou de joelhos, e com o gancho da navalha raspou em redor a frincha por onde nós sentíamos como um débil hálito de ar. Em seguida tirou um grosso lenço de seda que lhe envolvia o pescoço e passou-o na argola.

– Agora, barão! Mãos ao lenço, e puxar até rebentar! Quartelmar, agarre o barão pela cinta, e puxem ambos quando eu disser... Um, dois, vá!

Em silêncio, com os dentes rilhados, puxamos, puxamos até que eu senti rangerem os ossos do barão. Era ele que fazia o esforço maior, com os seus enormes braços de ferro. E foi ele que sentiu a pedra mexer...

– Agora! Agora! Está cedendo! Mais! Ala, ala! É!

Um estalo, uma rajada brusca de ar, e rolamos estatelados no chão, com a pedra por cima de nós. Fora a imensa força do barão que fizera o prodígio. Que grande coisa, a força!

– Um fósforo, Quartelmar! – exclamou ele, erguendo-se, ainda arquejante.

Acendi o fósforo. E, louvado Deus! Vimos diante de nós os primeiros degraus de uma escada de pedra!

– E agora? – perguntou John.

– Descer! E confiar em Deus!

– Esperai! – gritou o barão. – Quartelmar, veja se apalpa e acha o resto da comida e da água. Quem sabe onde iremos parar?

Achei logo as provisões, que estavam junto da arca de pedra, cheia de diamantes. E já enfiara o cesto no braço, quando pensei nos diamantes... Por que não? Quem sabe? Talvez, por mercê divina, achássemos uma saída! Não fazia mal nenhum, à cautela, meter um punhado de diamantes

## AS MINAS DO REI SALOMÃO

na algibeira!... Se chegássemos a sair daquela horrível cova, não teriam sido ao menos inúteis todas as nossas angústias. Um punhado de diamantes nada pesava! E, ao acaso, mergulhei a mão na arca e comecei a encher todos os bolsos da minha rabona. Depois atulhei as algibeiras das pantalonas. Já abalava, quando voltei ainda, com uma ideia, à arca onde estavam as pedras mais graúdas. E encafuei uma enorme mão-cheia delas para dentro da algibeira do peito. O contato vivo daquelas riquezas fez--me pensar nos outros.

– Ó rapazes! Não quereis levar uns poucos de diamantes? Eu enchi as algibeiras.

– Diabos levem os diamantes – disse do canto o barão, impaciente. – Até me faz náuseas a ideia de diamantes! É marchar, é marchar!

Enquanto ao amigo John, esse nem respondeu. Creio que estava de joelhos, junto do corpo de Fulata, dando o último adeus àquela que por ele morrera! Quando nos achamos junto do alçapão, já o barão descera o primeiro degrau.

– Eu vou adiante, segui devagar.

– Cuidado! – gritei eu. – Pode haver por baixo algum medonho buraco. Vá tenteando... Mão encostada sempre à parede...

O barão desceu, contando os degraus. Quando chegara a "quinze", parou.

– É um corredor – gritou ele de baixo. – Descei!

Quando chegamos ao fundo, acendi um dos dois fósforos que nos restavam. À luz que ele deu, vimos um pequeno espaço, onde se encontravam, em ângulo reto, dois túneis muito estreitos. O fósforo morreu, queimando-me os dedos. E ficamos numa horrível hesitação! Qual dos túneis seguir? John, então, lembrou-se que a chama do fósforo se inclinara para a banda do túnel da esquerda. Portanto o ar vinha pelo túnel da direita. Era por esse que devíamos caminhar, demandando o lado do ar.

Aceitamos a ideia. E apalpando sempre a parede, não arriscando um passo sem tentear o solo, seguimos nesta nova e incerta aventura. Ao fim de um quarto de hora de marcha lenta, esbarramos num muro. Era outro túnel transversal, por onde continuamos cosidos com o muro. Depois desse topamos outro, que o cruzava em ângulo agudo. Depois havia outro, mais largo. E assim durante horas. Estávamos num labirinto de rocha viva. Para que tivessem servido outrora estas inumeráveis passagens subterrâneas, não sei dizer, mas tinham a aparência de galerias de mina.

Finalmente paramos, esfalfados, com a esperança meio perdida. Comemos os restos das provisões, bebemos os derradeiros goles de água. Tínhamos escapado de morrer nas trevas de uma cova de diamantes para vir talvez morrer nas trevas de uma mina vazia...

Quando assim estávamos sentados no chão, encostados ao muro, num infinito desalento, eu julguei ouvir um som, débil e vago, com a distância. Avisei os outros, escutamos sem respirar. E todos muito claramente distinguimos um som. Era muito tênue, muito remoto, mas era um som, um som murmurante e contínuo.

– Santo Deus! – exclamou John. – É água a correr!

Num instante estávamos de pé, caminhando para o som. A cada passo o sentíamos mais distinto, mais claro, na imensa mudez do túnel. Sempre para diante, sempre para diante! O som ia crescendo. Por fim era um ruído forte, o ruído de uma corrente de água. Mas como podia haver água corrente nestas entranhas da Terra?... E todavia, com certeza, ali perto corria água com força. John, marchando adiante, jurava que lhe percebia já a umidade e o cheiro.

– Devagar, John, devagar! – gritou o barão. – Devemos estar perto...

De repente um baque na água, um grito de John! Tinha caído.

– John! John! Onde estás? – berramos, perdidos de terror. – Fala! Fala! Que alívio, quando a voz dele nos veio de longe, sufocada.

– Salvo. Agarrei-me a uma pedra! Acendei um fósforo para eu ver onde estais!

Raspei o meu último fósforo. À sua luz trêmula vimos aos nossos pés uma imensa massa de água, correndo com grande força. Que largura tinha não percebemos... Mas, a distância, distinguimos a forma vaga do nosso companheiro, pendurado de um penedo agudo.

– Preparai-vos para me agarrar – gritou ele de lá. – Vou nadar para aí!

Outro baque, uma grande luta de braços batendo a água. Depois, junto de nós, um resfolegar ansioso. E, por fim, uma exclamação do barão, que agarrara o nosso amigo pelas mãos, o puxara para dentro do túnel, a escorrer.

– *Irra!* – balbuciava John, ofegando. – Estive por um fio. É uma corrente furiosa e parece-me que não tem fundo.

Evidentemente, deste lado nada conseguíamos. De sorte que, depois de John descansar, de bebermos à farta daquela água, que era deliciosa, e de lavarmos a cara, deixamos as margens daquele tenebroso rio, e retrocedemos ao comprido do túnel, com John adiante, tiritando e pingando. Depois de andarmos um quarto de hora, chegamos a outro túnel, que se inclinava para a direita e parecia mais largo.

– Seguimos este – disse o barão, inteiramente desalentado. – Todos eles são iguais. O melhor é andarmos, andarmos, até cair aí para um canto, sem poder mais, à espera da morte.

Durante muito, muito tempo, mudos, em fila, arrastamos os passos na treva, atrás do barão, cujas fortes pernas já frouxeavam.

De repente esbarramos com ele, que estacara, como atônito.

– Quartelmar! – exclamou ele, agarrando-me convulsivamente o braço. – Eu estou a delirar ou aquilo além é luz?

Arregalamos desesperadamente os olhos. E com efeito, lá ao longe, ao fundo do túnel, vimos uma pálida, vaga mancha de claridade, pouco maior do que um vidro de janela! Com outro alento de esperança, estugamos o passo. Momentos depois toda a dúvida cessara, deliciosamente. Era luz, uma desmaiada mancha de luz! Tropeçávamos uns contra os outros na nossa ansiedade. Mais viva, cada vez mais viva a luz! Por fim, um ar fresco bateu-nos a face!... Mas, de repente, o túnel estreitou. Caminhamos curvados. Depois estreitou mais. Gatinhamos, de mãos no chão. E estreitou ainda, como uma toca de raposa. Fomos de rastos. Mas a rocha findara. Era terra, terra friável, que se esboroava... Um empuxão, um gemido, e o barão furou, e John furou, e eu furei, e sobre as nossas cabeças luziam as benditas estrelas, e na nossa face batia uma aragem doce!

De repente faltou-nos o chão, e todos três, à uma, rolamos de escantilhão por um declive abaixo, de terra mole e úmida, entre capim e tojo... Agarrei uma coisa e parei. Estonteado, coberto de lodo, berrei pelos outros, desesperadamente. Um brado em resposta veio de baixo, de uma terra chã onde o barão fora parar. Resvalei até lá e fui encontrar o nosso amigo atordoado, sem fôlego, mas intacto. Gritamos então por John. E uns *olás* arquejantes guiaram-nos ao sítio onde uma raiz de árvore, em que ainda estava acavalado, o detivera no desesperado tombo.

Sentamo-nos então todos três na relva, e vendo-nos fora da fúnebre caverna, salvos, sãos, a respirar outra vez o ar da terra, a emoção foi tão forte que começamos a chorar de alegria. Seguramente fora Deus misericordioso que nos guiara por aquele túnel, para aquele buraco, que era a porta da vida. E agora, a manhã que julgávamos nunca mais ver estava roseando o topo dos montes.

À sua luz bendita vimos então que nos achávamos no fundo, ou quase no fundo, daquela imensa cova circular que fora outrora a mina de diamantes. Lá no alto, já podíamos distinguir as confusas formas dos três colossos. Sem dúvida aqueles corredores por onde tínhamos vagueado, tão angustiosamente, comunicavam outrora com as diamanteiras. E enquanto ao tenebroso rio... Mas que nos importava agora o rio? A luz do dia clareava. Estávamos envolvidos na luz do dia! Só isso era essencial e doce de saber!

Não podíamos deixar, todavia, de pasmar para as nossas figuras. Escaveirados, esgazeados, rotos, cheios de pisaduras, com camadas de pó e de lama, sangue nas mãos e sangue nas faces; éramos, na verdade, três espantalhos medonhos. Mas não havia a pensar em nos sacudirmos ou nos ajeitarmos. Aquele fundo da cova, úmido e regelado, era perigoso para corpos como os nossos tão exaustos. De sorte que começamos, com lentos e custosos passos, a trepar as ladeiras íngremes, através da greda azulada, agarrando-nos às raízes, e agarrando-nos ao tojo, num esforço último que nos esvaía. Ao fim de uma hora estava terminada a façanha, e os nossos pés, trêmulos, pisavam outra vez a estrada de Salomão. A umas cem jardas adiante brilhava uma fogueira junto de cabanas, e em volta dela estavam homens. Para lá caminhamos, amparando-nos uns aos outros, e parando, meio desmaiados, a cada passo incerto. De repente um dos homens que se aquecia ao lume ergueu-se, avistou-nos e atirou-se de bruços ao chão, tremendo, gritando de medo.

– Infandós, Infandós, somos nós, teus amigos!

## AS MINAS DO REI SALOMÃO

Ele levantou a cabeça, depois o corpo. Por fim correu para nós, com os olhos esbugalhados, e ainda tremendo todo.

– Ó meus senhores! Sois vós! Sois vós! Voltais do fundo dos mortos!... Voltais do fundo dos mortos!...

E o velho guerreiro, abraçando-se ao barão pelos joelhos, rompeu a soluçar de alegria.

# A PARTIDA DE LU

Dez dias depois estávamos de novo em Lu; nas nossas confortáveis cubatas de Lu, à sombra dos machabeles. E poucos vestígios nos restavam daquela atroz aventura, além dos muitos cabelos brancos que eu trazia, e da melancolia em que caíra o nosso pobre John, com o coração ainda cheio de Fulata.

É inútil acrescentar que não tornamos a penetrar no tesouro de Salomão, apesar de sagazes e metódicas tentativas. Naquele dia em que Infandós nos acolheu como a ressuscitados, nada fizemos senão comer, dormir, descansar, gozar o Sol. Logo no dia seguinte, porém, descemos com uma escolta à grande cova, na esperança de encontrar o buraco por onde tínhamos furado para a luz e para a vida. Foi debalde. Em primeiro lugar, chovera copiosamente de noite, e todas as nossas pegadas tinham desaparecido; mas, além disso, os declives em funil da enorme cova estavam por todos os lados cheios de buracos, uns naturais, outros feitos por bichos. Qual deles nos salvara, entre tantos milhares? Impossível descobrir!

Depois disso voltamos à caverna de estalactites, afrontamos os horrores da câmara dos reis mortos; e durante muito tempo rondamos diante da muralha de pedra, para além da qual jaziam, inacessíveis para sempre, os maiores tesouros da Terra, para sempre guardados funebremente pelo esqueleto da pobre Fulata. Mas, apesar de examinarmos a muralha durante horas, de a apalpar, de martelar sobre ela, não nos foi possível achar o segredo da porta sob a qual jaziam pulverizados os fragmentos da hedionda bruxa que, com a sua traição, só ganhara a sua perda. Enquanto a forçar aqueles cinco pés de rocha viva, quem podia pensar em tal feito? Nem todo o exército dos Cacuanas, trabalhando anos, lograria passar através. Só com dinamite, ou trazendo pelo deserto poderosas máquinas.

## AS MINAS DO REI SALOMÃO

E assim, lá estão ainda, nesse remoto canto de África, os tesouros que desde os tempos bíblicos tanto têm fascinado a imaginação dos homens. Um dia talvez, quando a África toda estiver civilizada, cortada de estradas, coberta de cidades, alguém mais feliz que nós, e com os incalculáveis recursos da ciência de então, penetrará no vedado tesouro, e será rico além de toda a fantasia! Esse, se jamais existir, encontrará lá, como vestígio da nossa passagem, as arcas abertas e os ossos da pobre Fulata, e uma lâmpada apagada. A esse tempo já estará perdida a memória deste livro, contando a estranha aventura. E esse explorador futuro mal suspeitará então, ao dar com o pé nesses ossos, ao remexer essas riquezas, que três homens do século XIX passaram ali um dos mais trágicos lances que jamais foi dado a homem passar...

Devo, todavia, acrescentar que, materialmente, a nossa estada na caverna não foi de todo inútil. Como contei, ao abandonarmos o tesouro, eu tive a esplêndida precaução de atulhar as algibeiras de diamantes. Muitos destes, e sobretudo os maiores, caíram, ficaram perdidos, quando eu rolei pelos declives da cova. Mas ainda me restou nos bolsos uma enorme quantidade. Não lhe posso calcular o valor. Deve ser imenso! Suponho que trouxemos ainda diamantes bastantes para sermos todos três milionários, e possuirmos os três mais ricos adereços de joias que existam no mundo. Em resumo, no ponto de vista econômico, a aventura não gorou.

Em Lu, fomos acolhidos pelo rei Ignosi com grande amizade e regozijo. Apesar de fundamente absorvido nos cuidados de um reinado que começa (e sobretudo na reorganização do exército), estivera em grande inquietação durante a nossa longa demora nas minas. E foi com ardente curiosidade que escutou a nossa maravilhosa história.

A notícia da morte de Gagula foi para ele um alívio imenso.

– Quem sabe – murmurou ele – se depois de vos deixar morrer no sítio escuro, não acharia ainda artes de me matar a mim também!

Para comemorar a nossa volta, Ignosi deu um banquete e uma dança. E foi nessa noite, ao fim da festa, no terreiro real, onde brilhava o luar, que nós anunciamos ao rei o nosso desejo de deixarmos enfim o seu reino, e regressar à nossa pátria. Ignosi, primeiramente, pareceu espantado. Depois cobriu a face com as mãos.

169

– O que vós anunciais – exclamou ele por fim – retalha o meu coração! Sempre pensei que de todo ficaríeis comigo. Para que foi então, ó valentes, que me ajudastes a ser rei? O que quereis? O que vos falta? Mulheres? Campos? Gados? Toda a terra que é minha, é vossa. Escolhei! É uma casa como as que os brancos habitam no Natal que vos falta? Os meus homens, ensinados por vós, edificarão uma entre jardins... Dizei! E cada um dos vossos desejos tem já a minha promessa de rei.

– Não, Ignosi, não! – acudi eu. – O que nós simplesmente desejamos é voltar para as nossas terras.

Ele, então, sorriu com amargura. Sim, bem percebia! Nos nossos corações nunca houvera amor por ele, mas só cobiça das pedras que brilham. Agora tínhamos as pedras para vender, para recolher dinheiro... Estava satisfeito o vil desejo do branco. Que importava pois o amigo que ficava chorando? Malditas fossem as pedras, e idos fôssemos nós bem cedo! Eu pousei-lhe a mão no braço:

– Escuta, Ignosi! As tuas palavras não vêm do teu coração. Quando tu andavas exilado na Zululândia, e depois entre os homens brancos do Natal, não sentias tu o desejo da terra de onde vieras, e de que tua mãe te falava? Não se te voltavam os olhos para o Norte, para onde estavam os campos e as senzalas onde tu nasceras, onde brincaras com as ovelhas, onde os velhos que passavam no caminho tinham conhecido teu pai?

– Assim era, Macumazã, assim era! – exclamou o rei, comovido.

– Pois do mesmo modo o nosso coração deseja a terra em que nascemos.

Ignosi baixou a cabeça.

– As tuas palavras, como sempre, Macumazã, vêm cheias de verdade e razão. Sim, tendes de partir. E eu ficarei triste, porque não mais me chegarão notícias vossas, e vós sereis para mim como mortos!

Esteve um momento pensando, com o dedo pousado na testa. Depois chamou os chefes mais idosos, anunciou a nossa partida, ordenou que fôssemos acompanhados pelo regimento dos Pardos até às montanhas, e daí, com uma escolta e com guias, levados pelo caminho do oásis (de que ele só recentemente tivera notícia) e que nos pouparia todos os trabalhos da passagem das serras. Em seguida, erguendo a mão, jurou ante os chefes que não permitiria jamais que nenhum branco entrasse no seu reino a procurar as pedras que brilham, mas que nós poderíamos voltar sempre, porque éramos os irmãos do seu coração! E, por fim, decretou que os nossos nomes fossem considerados sagrados como os nomes dos reis mortos e que assim se proclamasse por todo o reino, de montanha em montanha.

– E agora ide! Ide antes que os meus olhos vertam lágrimas como os de uma mulher. Quando estiverdes longe, nas vossas casas, junto das vossas lareiras, pensai por vezes em mim... Adeus! Adeus para sempre, Incubu, Macumazã, Boguã, grandes homens e meus amigos!

Ergueu-se; esteve um momento olhando fixamente para nós, um por um; depois escondeu a cabeça no seu manto de pele de leopardo, e fugiu para dentro da senzala real. Nós afastamo-nos em silêncio, e com o coração pesado. Na madrugada seguinte partimos de Lu, acompanhados por Infandós e pelo regimento dos Pardos. Apesar de tão cedo, as ruas estavam apinhadas de gente que nos lançava a saudação *Crum* e nos desejava boa jornada! As mulheres atiravam-nos flores ao passar. Todos os tantãs ressoavam. Era como uma grande cerimônia real.

Pelo caminho, Infandós foi-nos explicando que havia, com efeito, uma passagem nas montanhas mais fácil do que aquela por onde viéramos, ou antes, que era possível descer por aquela alta escarpa que separa os dois "seios de Sabá" como um muro separa duas torres. Havia um ano, um bando de caçadores cacuanas, indo ao deserto à procura do avestruz, tinham achado e seguido este caminho. Ao fim dele encontraram o deserto; e ao fundo, no horizonte, avistaram maciços de árvores. Levados pela sede, caminharam para lá, e acharam um largo e fértil oásis, cheio de fruta, de caça e de água. E daí, diziam os caçadores, podiam-se distinguir no horizonte outros lugares férteis, formando como uma continuação do oásis. Deste modo era talvez possível diminuir os horrores de uma nova travessia do deserto.

Ao fim de quatro dias de marcha chegamos, com efeito, ao alto da escarpa, de onde avistamos, por léguas e léguas, outra vez, o medonho deserto amarelo em que tanto sofrêramos. Foi de madrugada que começamos a descida, e foi então que nos separamos do nosso amigo Infandós.

O excelente homem quase chorou de mágoa.

– Nunca os meus olhos – exclamava ele – verão homens como vós. Aquele golpe de machado, Incubu! Que beleza! Sois os fortes dos fortes! E o meu coração fica cheio da vossa lembrança. Adeus!

Tivemos realmente saudade do velho Infandós; e John, como lembrança, deu-lhe, adivinhem o quê? Um monóculo! Tinha um de sobresselente, e presenteou com ele o heroico e leal selvagem! Infandós, entusiasmado, procurou logo entalá-lo no olho, certo de que essa pupila resplandecente aumentaria o seu prestígio entre as tropas. E foi esta a derradeira impressão que me ficou dos nossos amigos da Cacuânia: um velho guerreiro, nu, com uma pele de leopardo ao ombro, grandes plumas negras na cabeça, franzindo a face, de monóculo no olho!

Daí a pouco, tendo apertado afetuosamente a mão a esse honrado Infandós, começávamos a nossa descida pela escarpa que liga os "seios de Sabá", entre as trovejantes aclamações do regimento dos Pardos.

Fizemos essa descida em doze horas. À noite estávamos acampados à orla do deserto, conversando em torno das fogueiras acerca desses dois estranhos meses que passáramos entre os Cacuanas!

– Há sítios piores para se viver – dizia o barão.

– Quase desejava ter lá ficado – acrescentava John, com saudade.

Eu não dizia nada. Tínhamos lá passado temerosos momentos. Mas, por vezes, a vida fora doce. E no alforje trazíamos um saco de diamantes!

Na madrugada seguinte encetamos a marcha para esse oásis que os nossos guias conheciam. Trilhamos três dias o deserto, mas sem desconsolo, graças ao bando de carregadores que nos dera Ignosi, e que nos permitia levar provisões fartas e água farta. Pelo começo da tarde do terceiro dia avistamos um bosque, e o nosso jantar já foi regaladamente servido debaixo de copa das árvores e junto de frescas águas correntes.

# ENFIM!

Agora resta-me contar a maior maravilha desta maravilhosa jornada. Tão estranha, quase inverossímil é, que, para não lhe aumentar o ar de romance que ela já de *per si* tem, preciso narrá-la com a máxima brevidade e máxima simplicidade.

Foi isto. Na manhã seguinte, no oásis, andava eu passeando ao comprido de uma fresca ribeira que o banha, quando de repente, num frondoso outeiro à sombra de figueiras, com a fachada voltada para a corrente, vi uma confortável cabana, construída à maneira cafre, mas com uma porta, uma porta de madeira, em vez do costumado buraco redondo. E quando eu estava pasmando para esta casota humana perdida num oásis do deserto, eis que a porta se abriu, e apareceu, coxeando, encostado a um pau, todo vestido de peles, e com uma imensa barba branca até à cintura, um homem branco! Ficamos a olhar esgazeadamente um para o outro.

Justamente nesse momento o barão e John apareceram. O homem cravou os olhos em nós, com um ar quase aflito. De repente largou a correr, como um coxo pode correr, aos tropeções. Esbarrou, rolou no chão. O barão acodiu. Ergueu o homem. E gritou:

– Santo Deus! É meu irmão Jorge!

Quase tenho vergonha de narrar este lance. Parece banalmente inventado pelos moldes do teatro antigo. Mas foi assim.

E ainda mais! Ao alvoroço do barão, às exclamações que seguiram, outro homem saiu da cabana, também vestido de peles, com uma espingarda na mão. Ao dar com os olhos em mim, largou a arma, levou as mãos à carapinha...

– Ó Macumazã! Ó Macumazã!... Não me conheces? Sou Jim! Sou Jim! Aquele papel que tu me deste para o patrão, perdi-o... Estamos aqui há dois anos.

E o pobre Jim rojava-se no chão diante de mim, chorando e rindo, numa alegria furiosa.

Com efeito, havia dois anos que o irmão do barão e o seu servo Jim viviam naquele oásis. Foi no nosso acampamento, nessa tarde, que Jorge Curtis nos contou, lentamente, toda a sua história. Dois anos antes partira da aringa de Sitanda, como nós, para atravessar o deserto, e procurar as minas de diamantes para além das montanhas. Por informação, porém, que lhe deram uns caçadores de avestruzes que felizmente encontrara, tomou um caminho diverso, e bem melhor do que aquele que seguira outrora o velho D. José da Silveira, e que nós seguíramos guiados pelo seu roteiro. Esse caminho era através do deserto, mas entremeado de oásis. Assim tinha chegado a este, o maior de todos, e estava junto das Montanhas de Salomão, quando lhe aconteceu uma grande desgraça. No dia mesmo em que aqui parara, estava sentado junto do rio, por baixo de umas penedias, onde Jim, o servo, andava procurando o mel de abelhas mansas. De repente, a um esforço qualquer que Jim fez em cima, um dos penedos rola e vem cair sobre uma perna do pobre Jorge, esmigalhando-lha horrivelmente! Desde esse dia não pôde mais andar. E, muito naturalmente, preferiu ficar ali no oásis, onde tinha água, caça e fruta, do que tentar atravessar de novo o deserto, onde inevitavelmente morreria.

E ali ficou dois anos, como um Robinson Crusoé. Havia justamente dias que decidira mandar Jim para trás, à aringa de Sitanda, a buscar socorro. Mas quase tinha a certeza que Jim não voltaria...

– E sois vós agora que apareceis de repente. Justamente tu, irmão! E tu, meu bom John!... E o senhor Quartelmar, muito bem me lembro de o ter encontrado em Bamaguato! É extraordinário! E foi tudo a misericórdia de Deus!

Nessa noite também lhe contamos as nossas aventuras. Quando eu lhe mostrei um punhado de diamantes, o homem empalideceu de espanto.

– Santo Deus! Ao menos o que sofrestes não foi em vão! Enquanto que eu!...

Esta triste exclamação tornou-me pensativo. E desde logo decidi partilhar com ele um lote daquelas pedras, que a ele tinham trazido uma tão longa desgraça.

## AS MINAS DO REI SALOMÃO

E aqui acaba esta história. A nossa travessia do deserto foi extremamente trabalhosa. Não sofremos tanto da sede, porque, segundo o novo roteiro indicado pelos caçadores de avestruzes, encontramos a espaços pequenos e frescos oásis. Mas o pobre Jorge Curtis, que mal podia ainda usar a perna, necessitava constante amparo e, por assim dizer, tivemos de o transportar através do deserto. Enfim, atingimos a aringa de Sitanda, onde o velho sacripanta a quem deixáramos as nossas armas e bagagens ficou indignado de nos ver voltar, vivos e sãos, para as reclamar. E seis meses depois estávamos jantando confortavelmente aqui na minha casa em Durban, à sombra das laranjeiras.

Quando eu acabava justamente de escrever esta última página das nossas aventuras, vejo um cafre entrar pelo meu jardim, com cartas e jornais na mão. É o correio da Inglaterra. E eis aqui uma carta do barão, que eu transcrevo, porque dá exatamente a conclusão da minha história:

*Solar de Braley – Yorkshire*
*Meu caro Quartelmar*
*Só algumas breves linhas para lhe dizer que meu irmão Jorge, John e eu chegamos à Inglaterra todos três perfeitamente. Apenas deixamos o paquete, em Southampton, partimos logo para Londres pelo primeiro trem. Não imagina o Quartelmar que elegante nos apareceu logo na manhã seguinte o nosso John! Mas parece-me que ainda pensa muito, coitado, na pobre Fulata.*

*E agora enquanto a negócios. Levamos os diamantes aos melhores joalheiros de Londres, aos Streeter. Quase tenho vergonha de dizer em quanto eles os avaliaram. É uma soma descomunal. Está claro que eles não podem dizer com exatidão, porque nunca apareceram no mercado pedras deste tamanho em tal quantidade. Enquanto a comprá-los, está fora de questão. Apesar de ser uma forte casa, não poderia nunca reunir semelhantes somas. Aconselharam-me que os vendesse em pequenos lotes, a diferentes joalheiros, e devagar, para não inundar o mercado. Um desses lotes, o que o Quartelmar tão generosamente reservou para meu irmão, estão eles todavia resolvidos a comprar por cento e oitenta mil libras.*

*O que o Quartelmar deve fazer, agora que está tão rico, é vir para Inglaterra, e comprar uma propriedade ao pé da minha. O melhor seria vir imediatamente para passar comigo este Natal. Tenho cá por essa ocasião o nosso John. A respeito de seu filho Henrique, posso dizer que está bom. Esteve aqui uns dias comigo a caçar. Gosto dele. Pregou-me uma carga de chumbo numa perna, extraiu ele próprio os chumbos, e provou-me depois a vantagem de haver sempre, em todas as partidas de caça, um estudante de medicina.*

*Venha pois, velho amigo, e creia-me sempre seu*

HENRIQUE CURTIS.

Hoje é sábado. Há um paquete para Inglaterra além de amanhã. Creio, na realidade, que vou partir nele... Já tenho saudades do meu rapaz. E, depois, quero vigiar eu próprio a publicação destas memórias.